U0507143

教育部人文社科研究青年项目 编号：
19世纪英国小说中的另类儿童研究（14YJC752011）

又见『爱丽丝』
19世纪英国小说中的另类儿童

Gazing at "Alice" again:
the uncanny children in 19th century English novels

李靖 著

上海三联书店

献给昌金，和他的爱。

目 录

绪　论

在 19 世纪的英国,通过小说塑造另类儿童群像这一文学实践和该时期的文明转型焦虑,是两个平行事件。英国正经历的农业文明向工业文明的过渡阵痛,在当时一些小说家笔下,孕育出以另类儿童为媒介的文化追问。本书试图阐释的狄更斯(Charles Dickens, 1812—1870)、哈代(Thomas Hardy, 1840—1928)、金斯利(Charles Kingsley, 1819—1875)、吉卜林(Rudyard Kipling, 1865—1936)、休斯(Thomas Hughes, 1822—1896)、莫里斯(William Morris, 1834—1896)笔下的另类儿童,扎根于 19 世纪英国的童心崇拜情结。

新兴的工业文明带来重大变革的同时,也激发了新的社会矛盾,农业文明中田园牧歌式的生活方式在"进步"话语和机械浪潮的冲击下日渐式微。"那迅猛的、令人彷徨的工业革命,引发人们对几近消逝的过去的强烈怀旧情绪,这种思绪转变成对儿童不言自明天真世界的渴望"。(Manlove:166)对童年的怀旧和对童心的崇拜把"各种渴望、期待和张力汇聚起来,在各种因素的作用下,怀念过去和重返童年的心理动力汇成涌动不已的暗流"。(舒伟 2009:219)对于被急速变化的世界环绕着的维多利亚人而言,童年具有彼岸的意义。他们"在童话具备的有序的、仪式性的结构中发现永恒。……逃离成人世界的腐败,回归到童年的纯真无邪之中;逃离丑恶而充满竞争的城市,回归到美丽而充满同情心的自然之中;逃离复杂的道德束缚,直面善与恶的问题;逃离一个异样的现实,遁入想象中的世界。在那里

得到心灵慰藉"。(Kotzin:28)

　　维多利亚人童心崇拜情结所隐含的权力机制是进入本书研究对象的重要介质。需要说明的是，有关儿童的文本是成人书写的。绝大多数大人写儿童故事的目的，是让孩子认同成人眼里他们该有的样子。成人和儿童之间支配与服从的等级关系埋藏在文本叙事中，对儿童的塑造不仅贯穿文学创作本身，还是一项关乎意识形态及文化心理的动态事件。书写儿童既呈现出作家个人领域的发展进程，也是政治进程；因此，书写儿童既是私人事件，也是公众事件。(See Zornado:12)

　　在公共空间的范畴，"正常"的儿童形象往往符合维多利亚社会主流意识形态的预期：孩子们天真烂漫，需要在成人引导和改造下，成长为大英帝国的绅士和淑女。"正常"儿童与成人之间构建的服从与支配的等级关系，勾勒出维多利亚社会的秩序图景，由此可引申出转型期英国社会的多重权力机制及其相互间的张力——成人与儿童，科学话语与生活世界，大英帝国与其殖民地，绅士与非绅士，休闲与劳动，中产阶级与贵族阶级等等。

　　本书试图阐释的"另类"儿童形象，是对"正常"儿童形象的颠覆。创造这些形象的作家们叩问了 19 世纪英国中产阶级绅士价值观主导的工业化国家秩序。本书第一章以吉卜林在《丛林故事》(The Jungle Books，1894—1895)中塑造的另类男孩毛格利为切入点，讨论吉卜林对秩序的追问，以及这一追问同工业化进程的联系。围绕着被狼群抚养大的人类男孩毛格利猎杀猛虎希尔克汉这一主线，吉卜林说明，无论在动物社群还是在人类社群，秩序都意味着遵守规则、遵守契约。本书第二章以金斯利的《水孩子》(The Water Babies，1864)为中心，讨论进化论语境与金斯利小说文本机制的深层关系。在这一章中，笔者试图解答如下问题：当金斯利试图通过小说对客体世界进行模仿时，现实主义可以抵达生命的真实吗？金斯利的文学想象和实践，如何介入了对进化论带来的生命问题的思考？金斯利的小说如何成为凝视科学、宗教、生命等意涵的重要前沿,并引发一场观念甚至文学的变革?本书第三章讨论的是莫里斯的乌托邦小说《乌有乡消息》(*News from Nowhere*,1890)。这部小说塑造的身心健康的儿童和"第二个童年"般的休闲文化,是被"进步"的异化催逼的维多利亚人无法企及的。因此,莫里斯笔下的"另类"儿童不单单是他抒发文化焦虑的媒介,更是他描述愿景的前哨。在这部乌托邦中,被休闲精神主宰的乌有乡打破了叙事身份的主客体对立,艺术与生活的对立,机械时间与自然时间的对立,从而孕育出健康的孩子和童年般美妙的生活。本书第四章以童年裘德对故土马里格林的异化体验入手,讨论哈代对 19 世纪英国古建筑修复运动的立场。《无名的裘德》(*Jude the Obscure*,1895)用浪漫主义反讽的形式,勾勒出哈代的反古建筑修复主义。这一立场暗合的阶级嬗变,是哈代文化思索的重要部分。本书第五章讨论休斯的成长小说《汤姆·布朗的求学时代》(*Tom Brown's School Days*,1857)。在这部小说中,拉格比公学的男孩们经历了十三次各种形式的战斗,最终主人公汤姆成长为真正的绅士。休斯对绅士观的重塑,是他对 19 世纪英国中产阶级绅士价值观的反拨。狄更斯是 19 世纪英国小说家中刻画儿童形象最全面的一位。过往的狄更斯批评多从生理年龄意义上界定"儿童",从而忽略了年龄倒置(age inversion)这个在狄更斯小说中普遍存在的现象。本书第六章探讨的是狄更斯笔下的一组另类儿童——早熟的孩子和幼稚的大人。狄更斯经常在同一部作品中设计出这两类互相映照的人物,这一独特的艺术手法体现了怎样的文化焦虑和共同体诉求,构成本章主要的研究问题。

　　本书的六个章节对 19 世纪英国小说中的另类儿童形象进行了一系列探索,试图阐释另类儿童这一文明转型期孕育的特殊身份建构。正如海德格尔(Martin Heidegger,1889—1976)所言,19 世纪这个"最为含混"的世纪"永远无法按照编年式的连续描述加以理解,这个世纪须从两端分界,同时从两端接近"。(Heidegger:85)本书在章节编排上没有完全遵循编年形式，此举旨在说明，另类儿童暗示的文化忧思在这一历史时期呈现了动态往复机制，而非稳定而连续的静态图景。贯穿于 19 世纪英国小说的另类儿童形象所建构的"另类"主体，是管窥该时期社会秩序的重要媒介。本书追问了两个问题：这六位作家在另类儿童这个个人化的文化动因中投入了哪些价值判断？尽管困难重重，这些价值判断是何以持续并得以持续的？

　　本书的撰写历时四年，它的完成除了来自我个人的努力之外，还得益于我曾指导的几位本科生的积极参与，他们是张明媚、罗洋洋、陈圣华。在征得上述三位学生的同意，并签订授权协议的前提下，本书第一、三、五章的部分文字呈现的是他们与我共同研习得来的学术成果。

第一章　毛格利猎虎：《丛林故事》对秩序的追问

　　在19世纪的英国小说中,吉卜林(Rudyard Kipling,1865—1936)在《丛林故事》(*The Jungle Books*,1894—1895)中塑造的男孩毛格利堪称另类。称其另类,是因为毛格利本是人类所生,但由狼群抚养长大,他是一个穿梭于丛林的动物社群和印度土著社群之间的孩子。学术界过往的研究大都强调了毛格利在上述两个社群建构身份认同时释放出的张力,并且惯于将这种张力加入殖民主义想象。过往的研究谈及毛格利的双重身份时,多将他视为吉卜林和他帝国主义想象的隐喻对等物。

　　在分析毛格利在人类和动物两个社群的穿梭时,学术界通常认为,毛格利在两个社群的生活象征了吉卜林面对大英帝国和印度殖民地时的矛盾心态。比如,在《吉卜林〈丛林故事〉中的后兵变帝国寓言》("Post Mutiny Allegories of Empire in Rudyard Kipling's *Jungle Books*")中,唐·兰德尔(Don Randall)提出,印度兵变后,出现了许多叛变文学,但吉卜林从未创作出可以称为"兵变故事"的作品。但在大多数情况下,他在兵变话题上采取的写作策略是隐晦却寓意深长的。在《丛林故事》中,毛格利在想象的大英帝国经济体中发挥着重要作用。毛格利代表帝国的理想形象,他被像神一样臣服着,被像兄弟一样热爱——这也是吉卜林所希望的帝国统治者的形象,但毛格利的少年时代只是一个乌托邦想象。(Randall 1998:97-

120）另如陈兵在《共济会和吉卜林的帝国主义观念》一文中提出，吉卜林关注英国给殖民地带来的好处，强调英国人用艰苦工作来教化"低劣种族"的责任，而这些并不涉及到物质利益。这也就与共济会"自由、平等和友爱"的信条异曲同工，吉卜林的大部分作品都提到过共济会，他本人也多次参加共济会，并在战后参与创立了共济会的一个分会。吉卜林对共济会的依赖和重视来源于身份认同危机，共济会又是解决身份认同危机的有效方法。（陈兵 2012：80 - 83）

前人的研究忽略了《丛林故事》的另一个文化命题：对秩序的追问。围绕着毛格利猎杀猛虎希尔克汉这一主线，吉卜林展开了这一追问。无论在动物社群还是在人类社群，秩序都意味着遵守规则、遵守契约。曾经是丛林霸王的猛虎希尔克汉之所以失势，是由于它屡次违背契约。毛格利讨伐希尔可汗得以成功，并扭转了丛林的失序，是因为他在丛林法则中汲取了契约精神的养料。毛格利遵守契约精神，主动放逐自己来到人类社群，后来又在印度人的村落剿灭猛虎希尔可汗，围绕着老虎可观的经济价值，吉卜林又展现了毛格利在人间对秩序的追问。

秩序何以受到吉卜林的青睐？《丛林故事》中至高无上的丛林法则承载了怎样的文化思辨？这是下文将要讨论的问题。

一、追问秩序的文化寓意

《丛林故事》对秩序的追问即是对文化的追问。按照威廉斯（Raymond Williams，1921—1988）在《关键词》（*Keywords*，1976）一书中的观点，"文化"一词意味着"一个民族、一个时期、一个群体乃至全人类的某种特定生活方式"。（Williams 1983：90）把文化看作生活方式的观念，至少可以追溯到卡莱尔（Thomas Carlyle，1795—1881）、阿诺德（Matthew Arnold，1822—1888）、罗斯金（John Ruskin，1819—1900）等人的活动时期。"到了穆勒、阿诺德和罗斯金的时代,对文明的肤浅及其悖逆自然效应的焦虑开始赋予'文化'一词新的价值含义。"(Hartman:207)卡莱尔等人的焦虑,归根结底,是因生活方式畸变而产生的——文明转型让人的生活方式发生异化。在过去的三百多年中,人类社会的重大转型,是工业文明的崛起。英国工业革命在吉卜林的时代走向成熟,主流的文化价值体系与工具理性和社会达尔文主义不谋而合,这一时期的时代精神(Zeigeist)是"我们搬走大山,并将大海变为通途;什么也阻止不了我们。我们向粗野的自然挑战,并用不可阻挡的机器,永远胜利地前进,并带着战利品满载而归"。(摩根:438)

社会转型引起的焦虑,也是机械文明引起的焦虑,社会进程或因机械文明的盲目性而发展过快,新旧价值体系之间脱节,文化共同体的失序由此而生。罗斯金曾经这样说过:"在所有事物中,治理与合作是生命的法则,而无序和竞争则是死亡的法则。"(Ruskin:202)罗斯金此处所说的"治理"与"合作",就是当年阿诺德所说的,跟"无序"(anarchy)相对照的"文化"。

秩序(order)意指在社会进程中存在着的程序的一致性、连续性和确定性。社会秩序由社会规则所构建和维系,人们在长期社会交往过程中形成相对稳定的关系模式、结构和状态。"秩序"观念在英国深入人心,英国是孤岛,文艺复兴后以海上力量称霸。但新兴的工业文明撼动了英国社会传统固有的对秩序的推崇,《丛林故事》便抒发了吉卜林对社会失序的焦虑。抒发焦虑还蕴含着另一个文化批评的功能,那就是化解焦虑。莱斯利·约翰逊(Lesley Johnson)有言:

> 文化概念对社会批评传统来说,起着中心作用。这一批评传统把艺术想象看作社会的道德力量,而且把它作为社会变革的根本性机制……在19世纪,文化概念大体属于文学知识分子的研究领域。当时对英国社会的不满、抗议和批判主要来自他们,并形成一种社会思想传统,而文化是他们用来表示这一重要

传统的术语。社会潮流的走向让这些作家痛心疾首,而文化概念则表达了他们的痛苦,同时彰显了他们的社会关切,以及他们提供的**建设性愿景**。(Johnson:5)

《丛林故事》对秩序的追问为 19 世纪英国文化提供了"建设性愿景"。特里·伊格尔顿曾经强调要把"作为乌托邦思辨的文化"(culture as utopian critique)、"作为生活方式的文化"(culture as way of life)和"作为艺术创造的文化"(culture as artistic creation)三者结合起来,以便更好地应对现代工业文明的失败。(Eagleton:25)《丛林故事》是一个乌托邦世界,围绕着男孩毛格利猎虎这一主线,吉卜林展开了对秩序的文化思辨。在这部作品中,秩序意味着遵守契约,毛格利正是因为做到了这点,才得以在丛林和人类社会立足。

二、丛林中的毛格利

丛林法则在《丛林故事》中具有举足轻重的位置,不论在动物的丛林社群,还是在印度土著的人类社群,秩序和规则都扮演着重要角色。遵守规则让毛格利成为王者,也让失信的老虎希尔克汗成为阶下囚。但是学术界对丛林法则的理解,多局限在吉卜林的帝国主义想象中,未能厘清丛林法则在文化思辨中的积极意义。如在《帝国意识与吉卜林的文学写作》中,李秀清提出,《丛林故事》没有概括丛林法则,但总体而言丛林法则也适用于人类社会,爱和正义这两种价值观是在丛林法则中反复强调的,但是正义往往又和复仇连在一起,比如毛格利怂恿大象毁坏人类居住的家园,表现出吉卜林的帝国主义倾向。李秀清进而说明,丛林法则意味着强权政治,它讲求的平等是统治阶级的平等和正义,毛格利最后当上丛林之王,他就可以无所拘束、随心所欲,而其他人对于征服者的命令就只有服从,这是法则中很重要的一点。"法则的生成过程是强者把他制定的法律置于众人之上,以法律来约束人的行为,这样大家才能获得更多的自由。吉卜林既为'帝国号手',那么《丛林故事》中的强者自然指的是英国白人,动物不敢动毛格利,因为怕人类来报复,毛格利的生母米阿苏和她丈夫受了陷害,也需要找英国人主持公道"。(李秀清:124)

在《我脑海中两个不同的侧面:从〈丛林之书〉,〈帕克的故事〉和〈基姆〉中寻求身份认同》("Two Separate Sides to My Head: Seeking Identity from the *Jungle Books*, *Kim* to the *Puck Stories*")中,谢青提出了丛林法则的吊诡。首先是作为一个人类,毛格利的智慧给了他统治动物世界的能力,虽然他并不属于动物世界,但是丛林中各种事务在丛林法则的规约下更纯粹,一切都井然有序。但是毛格利的智慧不能使他融入狼群;其次,毛格利的力量已经成为了统治阶级力量的一种符号代表,毛格利的离开丛林更像是吉卜林自己的经历:最终回到印度做白人老爷。(参见谢青 2010:50 - 54)在《吉卜林动物小说研究》中孙锦提出,丛林法则是一套完整的丛林生活指南,除了有适者生存、优胜劣汰作为基本法则外,还包括长幼有序、公平正义、爱护弱者等等。丛林法则支配的丛林生活是吉卜林幻想出的乌托邦世界。在这里,动物和睦相处,没有勾心斗角,这就是吉卜林看着印度沦为殖民地后做出的美好幻想,但同时吉卜林又清醒认识到这种理想的不可实现性。(参见孙锦 2011:28 - 32)

在《伦理与法律之间——重评吉卜林〈丛林之书〉中的丛林法律》中,汪霞提出,丛林法则是建立在道德和伦理之上的,它要求动物们尊老爱幼,有礼貌。还强调任何事情的处理都有既定的程序和方法。它还推崇感恩,知恩图报。但是同时,毛格利也经常违背丛林法则,这是因为法律是由强者制定的,所以丛林法则也显示出弱肉强食和强权政治思想。汪霞进一步推断,吉卜林笔下的丛林法则反映了 19 世纪末英国社会遭到了新的伦理观念的冲击,维多利亚人在道貌岸然的伪装下的虚伪堕落。(参见汪霞 2007:279 - 281)

事实上,对秩序的文化追问在《丛林故事》中无所不在。在第一篇《毛格利的兄弟》中，开篇诗歌《丛林之歌》就颂扬了狩猎代表的荣耀和力量，并提醒动物们遵守丛林法则。而毛格利的一生，都和狩猎相关。他能来到丛林，与瘸子老虎希尔克汉的一次不义的捕猎有关。丛林法则规定，除非是在教孩子如何猎杀，任何动物都不允许吃人，并且，猎杀时只能到自己的种群或部落的猎场以外去。这样做的原因很清楚，猎杀了人，就意味着许多人会骑着大象、拎着枪过来报复，还有成千上万的印度人带着铜锣、火箭和火把，早晚会找上门来。那样，丛林之中的每个动物都会遭殃。不过，动物们给出他们自己的理由是，人是最软弱最无防备的动物，猎杀他们与动物界的狩猎精神不相符。（吉卜林《丛林故事》:4）

　　按照丛林法则的规定，动物是不能捕杀人类的，这一方面是因为人类会实施大规模的报复行动，另一方面是因为在丛林动物的眼中，人类弱小到不堪一击，倚强凌弱是可耻的，不符合狩猎精神。这种狩猎精神就是秩序和契约的体现。然而丛林之王老虎希尔克汉却处处违背规则：它到印度人的村庄肆意捕杀，无意中踩到了樵夫的篝火而大发雷霆，樵夫和吉普赛人被震天的吼声迷惑了方向，仓皇逃亡时扔下了婴孩毛格利；它让走狗、豺塔巴奇到狼爸爸的洞穴传话，说它下个月就会到狼爸爸的领地来狩猎。而与这样一只老虎为伍的豺自然也是契约精神的反面教材，他专拣残羹冷炙，喜欢到处搬弄是非。他疯狂的一面让所有动物惧怕，作为丛林中最容易发疯的动物，塔巴奇一旦发疯就忘乎所以，无所畏惧，即使是凶猛的老虎也要让它三分。

　　塔巴奇的丧心病狂也是契约精神的反面参照，契约精神需要理性来维系，因此对于遵守丛林法则的动物们来说，"得了疯病是丢脸的事情。我们人类称这种病为狂犬病，动物们称之为'得瓦尼'——疯病——遇到就得躲开。"（同上:2）

　　收留了毛格利的狼爸爸和狼妈妈，却是遵守契约精神的典范。在得知希尔可汗下个月就要违反丛林法则到他们的山头捕猎后，狼爸爸非常生气，他说："根据丛林法则，他无权在没有事先通知对方的情况下就进入别人的猎场。他会让这方圆十里内的每一头动物都感到恐慌"。(同上:3)可见,狼爸爸担心的不仅仅是他们这个小家庭的捕猎机会会变少,还包括了违规捕猎的恶劣影响,也就是希尔可汗将引发的丛林秩序的混乱。

对于遵守契约精神的良民来说,希尔可汗的做法确实是让动物难以忍受的。狼妈妈以违反丛林法则为由吓退了豺塔巴奇,而这一对彪悍的狼夫妻之所以能结成连理,也是因为狼爸爸在一次"公平的决斗中战败了五只公狼而赢得了狼妈妈的芳心"。(同上:7)善良的狼夫妇决定收养婴孩毛格利,而狼妈妈刻意回避了毛格利是人类的事实,直接叫他"小青蛙",这样做不是没有道理,因为毛格利能否在丛林中被动物接纳,还是一个未知数。

这时候狼爸爸又搬出了丛林法则:丛林法则明确规定,任何一只狼,一旦结婚就可以退出他的狼群;但一旦他的狼崽出世后,在可以独立行走之时,他们就要参加狼群大会,这样其他的狼就能认识他们的新伙伴。狼群大会每个月圆之夜召开一次。"在狼崽被检阅接纳之后,他们就可以在领地之内任何地方玩耍、奔跑;而在幼狼能够独立猎杀公鹿之前,成年狼不得以任何理由猎杀他们。如果有人猎杀了幼狼,就要受到死刑的惩罚。"(同上:8)

当狼爸爸把毛格利带到狼群大会时,老虎希尔可汗从中作梗,要把小狼孩夺走吃掉,一只四岁的壮狼也站出来附和希尔可汗。危急时刻,狼首领老阿克拉提出了丛林法则:当涉及到狼群是否要接纳一只新生的幼崽时,如果发生争执,就要有除了幼崽父母以外至少两个狼群中的成员,站出来替他说话。这个时候,专门负责教授狼崽丛林法则的棕熊巴鲁履行了契约精神,他主张接纳毛格利。巴鲁说,丛林法则说,如果一只幼崽还不足以论杀,但他的归属问题又亟待解决,那么他的归属权是可以买的。狼群也认为,捕杀一个赤裸裸的小人实在可耻,因此,巴鲁的话加上一头刚杀的公牛,就换来了毛格利狼孩的身份。而豹子巴赫拉马上提醒毛格利,捕猎和契约精神唇齿相依,毛格利之所以可以留在丛林,是以一头公牛的生命为代价换来的,因此他永远不能吃牛。

在《〈丛林之书〉和〈绿野仙踪〉中的三位一体原型)》("The Trinity Archetype in the *Jungle Books* and *The Wizard of Oz*")中,作者提出,毛格利是"两个毛格利",包含了动物和人类的双重身份、儿童和成人的双重身份、弃儿和领导者的双重身份。他属于丛林,但无法避免地被人类文明所吸引。巴鲁这只熊,豹子巴格拉和后来遇到的卡这只蟒蛇,是毛格利走向成熟并发现自我路上的三位导师。这三位导师教导力量,爱和知识。三人的三位一体,是独立的、离散的、团结和互补的。而这三个神秘的角色对毛格利的发展有着特殊的吸引力。巴鲁在三位一体中的角色就像是西奈山的上帝,他提供丛林法则。巴鲁和他的纪律规定着各项纪律法规。巴鲁作为老师,传授知识和力量。他的知识可以有效地为他的力量服务,这种力量创造和维持了毛格利在丛林中正常的权利和生活。巴鲁教给毛格力的不单是身体的力量,还有通过丛林法则学习知识并对丛林事物有观察力。巴格拉扮演着耶稣基督一样的角色。因为黑豹自中世纪时代以来,一直是基督的象征。巴格拉,他老奸巨滑的动作和异国情调的美丽——强有力的、几乎女性化的美丽和巴鲁的直白和阳刚之气形成强烈对比。力量、爱和知识的三位一体是由蟒蛇卡完成的,其中巴鲁和巴格拉在对毛格利的救赎中是不可缺少的盟友,而蟒蛇卡的知识则更可能被称为智慧。这种知识超过了数据的积累和法律以及智慧的应用,蟒蛇的知识能领会到世间的矛盾和讽刺。卡作为一个圣灵,突破了人类对好坏的认识,而突破对人的好坏认识是毛格利获得救赎的必要条件。《丛林故事》为主角提供了三个陪伴者,他们有区别但同时也是一个整体。通过他们三个,毛格利被赋予了身体、精神和智力。毛格利先从他们身上学会力量,然后融合掌握这三种力量。(See McMaster 1992:90-110)

在毛格利成为丛林一员后,无论是狼妈妈,还是从人类的囚笼里逃出来的豹子巴赫拉,还是日渐衰老的狼首领阿克拉,都告诫毛格利有朝一日一定要杀了希尔可汗这只无法信任的老虎。毛格利对希尔可汗的捕杀贯穿于《丛林故事》,希尔可汗象征着无事法度,同时它又是社会关系中的强者。在吉卜林看来,强者造成的无序给社会带来的后果是毁灭性的。吉卜林首先强调了规则的重要性,"丛林法则,它为可能在丛林居民身上降临的每件事,都准备好了对策。到目前为止,它的每条法则都经得起时间和风俗的考验,法则会像一只巨大的藤蔓,从你的背后紧紧缠绕,让你无从逃脱"。(吉卜林《丛林故事续集》:2)

《恐惧从何而来》这一篇讲述了老虎破坏契约精神的过程。大象塔用鼻子将丛林从洪水中拯救出来,他制造了丛林的"诺亚方舟",成了丛林之王。丛林存在之始,各种动物和人类生活在一起,俨然是一个大家庭,虽然有充足的食物保证,但不久大家就开始为了食物发生口角。丛林居民开始变得好逸恶劳,企求不劳而获。这个时候大象塔正忙于建造新的丛林,它试图疏导河流,并没有时间顾及所有纷争。塔任命第一只老虎做丛林的法官,解决居民的争端。豹子巴赫拉说:"在那些日子里,第一只老虎和其他动物一样,以水果和草为食。他的体型和我一样大,他非常漂亮,身上的颜色就好像盛开的黄蔓花。那时候,丛林刚刚被创造,他的兽皮上也没有条纹。丛林里的所有居民都没有恐惧,他的话就是丛林的法则。我记得,那时候我们是一个大家庭"。(同上:13)

规矩是从老虎这个法官这里败坏的。一天晚上两只雄鹿因为吃草而发生了小口角,两只鹿在老虎面前较上了劲,其中一只用角抵了老虎一下,老虎丧失理智,完全忘记了自己是丛林的主人和法官,他跳起来咬断了鹿的脖子。在此之前,丛林居民从未死亡过,老虎意识到自己的罪行,他迷失在血腥味道之中,仓皇逃到了北方的沼泽地带。丛林从此没有了法官仲裁,陷入群龙无首的争斗状态。

大象塔回到丛林调查原委,责令选出新的首领。猿猴主动请缨担任首领,但很快丛林就没有法则,只有无稽之谈。《丛林故事》里的猴子,也是契约精神的反面典型。毛格利成为丛林一员之后,引起了猴群的注意,毛格利和猴子成为了朋友。他的老师棕熊巴鲁对此很不满。巴鲁说,和毛格利混在一起的是印度灰猿,是一个没有法律意识的猴群,他们没有自己的语言,专门守在树上偷听偷看,然后把听来的只言片语当作自己的语言。他们群龙无首,也没有记性,到处叽叽喳喳,把自己吹嘘成了不起的大人物,树上掉下来坚果也会让他们乐不可支,把所有事情都忘得一干二净。

对于名叫班达罗格的印度猴,巴鲁的态度更加不屑。丛林中没有动物跟他们来往,他们为数众多,非常邪恶、肮脏,不知羞耻。每当他们遇到生病、受伤的猛兽,总不忘记捉弄一番。它们经常哼一些毫无意义的曲子,气得其他动物过来跟它们决斗。内部矛盾也让它们死伤惨重。猴子们总是准备推选出自己的首领,制定自己的法律,养成自己的习惯,但是因为记性差,这一愿望永远都只是愿望。他们不受关注,因此当毛格利注意到他们,他们就欣喜若狂,而且把毛格利囚禁起来,以此要挟其他动物,从中得到好处。

猴子是不能信任,目无法纪的,大象塔意识到必须重新建立法则,因为第一个仲裁者给丛林带来了死亡,第二个仲裁者带来了耻辱。塔制定了新的法则,目的就是让丛林居民知道何谓恐惧。违背契约的强者老虎,也就是希尔可汗的先祖,从此也就成为丛林的异数。在老虎希尔克汗所做的所有违背契约精神的事情中,唆使动物们将毛格利赶出丛林这件事最为恶劣。毛格利遵守了契约精神,离开丛林,回到村庄,在那里他杀死了希尔克汗,成为丛林之王。毛格利通过力量与智慧获取了希尔可汗的首级,这象征着秩序对无序的胜利。

《丛林故事》让毛格利通过狩猎的活动在丛林中确立了契约精神,完成了自己在丛林的身份认同。另一方面,毛格利在被放逐到人类的村庄之后,战胜了形形色色有悖契约的人类,救出自己的父亲母亲,毁坏了村庄,投奔英国人,最终也实现了在人类社会的身份认同。本文下面将要讨论毛格利在人类社会中为了秩序而战的经过。

三、毛格利在人类村落

在老虎希尔克汗的挑唆下,毛格利被动物驱逐出丛林。他回到了他出生的村落。杀死希尔克汗一直是他的使命,杀死希尔克汗也是当地村民的愿望。围绕着猎杀希尔克汗这一主线,吉卜林构架出毛格利在人类村落的故事。毛格利在村落中遇到了两个背信弃义的人类,一个是牧师,另一个是老猎人布尔多。

当高大肥胖的牧师发现毛格利时,善于算计的他马上把毛格利送到富婆马苏拉家里(而马苏拉正是毛格利的生母),这样他就可以从中捞一大笔好处。身着白色僧袍,额头上涂着红、黄标记的牧师是个道貌岸然的家伙,把毛格利送给马苏拉之后,他还不忘让"他的姐妹"多多颂扬他的功德和智慧。

如果没有丛林法则和契约精神的指引,毛格利在村落这个险境环生的地方实在前途未卜。毛格利为了生存下来,必须要学习人类的语言和生活技能,也就是按照人类的游戏规则做事。他以赎买他的公牛发誓,如果他是一个人类,那么他现在就必须成为一个人类。丛林法则让他感受到善有善报,马苏拉对他很好,坚信他就是自己走失的儿子。丛林法则也让他忍耐各种困境,克制自己的脾气。丛林法则告诉他,杀死小娃娃是不讲狩猎精神的行径,因此他从不欺凌弱小,对待嘲笑自己的小娃娃也很宽容。

牧师则既狡猾,又势利,不允许毛格利碰低等人陶工的驴子。老猎手布尔多则是个见利忘义、口若悬河的家伙。对于捕杀老虎希尔克汗这件事来说,毛格利的目的是除恶扬善,建立秩序,而布尔多却有自己的如意算盘——杀死一只猛虎不但可以让他成为英雄,还有大笔赏金等着他。为了给自己未来的功业做铺垫，布尔多把希尔克汗的威力编造得天花烂坠，他说叼走马苏拉儿子的老虎是只幽灵虎，他身上附着一个几年前去世的放高利贷的老坏蛋的鬼魂，因为在一次暴乱中账本给烧了，还挨了揍，所以老虎走路是瘸的。毛格利对布尔多的巧言令色忍无可忍，当众揭穿了布尔多的谎言，从此成为布尔多的眼中钉。在毛格利杀死老虎希尔克汗时，布尔多又使出花招，妄图说老虎是自己所杀，很显然他的计划失败了，布尔多又跑回村子编造了充满魔法和巫术的故事，散布毛格利的谣言，并且用枪射击毛格利。

在杀死希尔克汗的同时，《丛林故事》又发展出一个反讽基调。毛格利本应被奉为英雄，却被奸人所害，再次被赶出了村落。毛格利化身成两个毛格利，一个是人，一个是狼，但此时无论他是哪个毛格利，他都是被放逐的。唯有丛林法则（秩序）的重建，才能让毛格利真正获得身份认同。狼群信守诺言，毛格利因为杀死了希尔克汗而成为狼群的首领，狼们说，他们厌倦了无法无天的生活，只有当他们有一个首领的时候，才能获得自由。这体现了对契约精神的维护。

另一方面，丛林法则规定动物不要招惹人类这一点，是不无道理的。本应是契约和道德表率的牧师和老猎手布尔多，却带头背信弃义。布尔多讲述了许多恶魔小子毛格利的故事，还添油加醋，自由发挥。村民们还把毛格利的父母马苏拉和他的丈夫软禁在小木屋里，对他们严刑逼供，要他们承认自己是巫师，然后再把他们活活烧死，然后布尔多和牧师就可以瓜分马苏拉和她丈夫的田地和水牛。《丛林故事》狩猎活动的高潮是毛格利带领动物们解救了马苏拉和她的丈夫，毁坏了村庄，投奔英国人，重建自己的家园。在这一行动之后，毛格利也获得了作为人类的身份认同，他成了一名守林人，因此他也未曾离开村庄。

结　语

在《丛林故事》中,吉卜林以毛格利这个另类儿童的猎虎为主线,展开了对秩序的文化追问。毛格利之所以可以在丛林和人类社会都获得身份认同,在于他遵守丛林法则规约的伦理和道德准则。吉卜林对秩序的追问也是对新旧文明转型期文化共同体失序的忧思。

第二章　现实主义越轨与金斯利的生命观：从《水孩子》说起

　　从狼孩毛格利的故事中可以管窥到，吉卜林的帝国主义想象中衍生出的秩序追问，是维多利亚时期文化思辨的一个重要面向。除此之外，19世纪中叶的英国文坛，许多作家都热衷于探索现代科学和生命世界之间的张力。查尔斯·金斯利（Charles Kingsley，1819—1875）的几部重要的小说中承载了大量的进化论想象。《酵母》（*Yeast*，1851）的主人公兰斯洛特是培根的信徒；《奥尔顿·洛克》（*Alton Locke*，1852）中的主角裁缝洛克在成为工人诗人之后，受到了剑桥大学校长的点拨，后者鼓励他用科学的准则写诗。1863年，在达尔文的《物种起源》（*The Origin of Species*，1859）问世四年之后，金斯利在《水孩子》（*The Water Babies*，1863）中对现代科学给出了更为切实的再现。童工小汤姆在跟扫烟囱师傅格雷姆去爵爷家做工时意外落难，情急之下他跳入了一条小溪，变成了一个水孩子。这如梦似幻的构思充溢着进化论的反向叙事。汤姆进入水下世界后，蜕化成了"两栖"动物，金斯利以精确的语言描绘了汤姆新的身躯：

　　　啊，现在要讲这个奇妙的故事中最精彩的一段了。汤姆一觉醒来，他当然会醒来——孩子们睡到一定程度后总会醒来——发现自己在小溪里游来游去，身子差不多有四英尺长，或者——我可以说得准确一些——3.87902 英尺长,脸上腮部那儿长了一缕鱼鳃一样的东西(希望你能明白这些专业术语),就像一个哺乳期的小水蜥那样的腮。(Kingsley 1864:64)

金斯利试图做出科学描述:汤姆身长"3.87902 英寸",用"鳃"来形容汤姆脸上的东西。紧接着金斯利又进一步以科学的语言解释"水陆两栖"的含义:

> 现在汤姆完全是水陆两栖了。你不知道这是什么意思。那么你最好去问问附近公立小学的老师,他可能会非常巧妙地答复你——"两栖",形容词,源自希腊语的两个词,"ampi"表示一种鱼,"bios"表示一种野兽。在我们蒙昧的祖先看来,这种动物是鱼和野兽的组合体;就像河马一样,不能长期在陆地上生存,也不能长期活在水里。(同上:78)

引文中金斯利用引号加强解释的权威性,"两栖"这一术语也起到同样效果。在水下世界,汤姆观察到很多水中生物,这一场景伴随着"显微镜"的意象:

> 有时汤姆会到河里又深又静的地段,在这些地方他看到了水森林。这些水森林在你眼中可能只不过是些小水草,但是你别忘了,汤姆个头小,就跟米诺鱼一样,所有东西在他看来都比我们看到的要大上一百倍。米诺鱼能看到并抓住的东西,是你只有在显微镜下才能看到的微小水生物。(同上:83)

学术界惯于将金斯利归为现实主义作家的范畴,上述引文的写实风格也似乎符合这种推断。威廉斯(Raymond Williams)和卡扎米安(Louis Cazamian)分别把金斯利的小说称为"工业小说"(Williams:

72)和"社会小说"；(Cazamian：254)比尔(Gillian Beer)也指出，金斯利的小说对社会转型，尤其是城市化进程进行了冷静的再现；(Beer：243)蒙克(Richard Menke)也讨论过金斯利小说中工人阶级获取文化资本时面临的困境。(Menke2000：87)殷企平从小说《酵母》和《奥尔顿·洛克》入手，分析了金斯利的基督教社会主义(Christian Socialism)思想对机械时代的批判。(殷企平 2004：61；殷企平 2007：185)李靖也从金斯利文化反思的维度，进一步阐述过该观点。(李靖 2012：107)

进化论语境与金斯利小说文本机制的深层关系，始终未有得到关注。虽然哈那沃特(Mary Wheat Hanawalt)、乌夫曼(Larry K. Uffelman)和伍德(Noami Wood)对金斯利思想中宗教和科学的关系做过论述，(Hanawalt 1937：589；Uffelman 1979：67，Wood 1995：233)但是仍有很多与生命密切相关的问题亟待阐释。作为一种广义的复制技术，金斯利的现实主义风格是进化学说的文本隐喻，它与现代科技发展带来的复制逻辑形成张力，造成现实主义文学的意义趋向不确定。当金斯利试图通过小说对客体世界进行模仿时，现实主义可以抵达生命的真实吗？金斯利的文学想象和实践，如何介入了对进化论带来的生命问题的思考？金斯利的小说如何成为凝视科学、宗教、生命的重要前沿，并引发一场观念、甚至文学的变革？本章拟将探讨上述问题。

一、现实主义小说及其艺术性越轨

19世纪以降，当进化学说(evolutionary theory)出现以后，任何作家想要探索与生命相关的问题时，都必须面临现代科学的压力。作为现代性的孪生表征，文学现实主义与生物进化论形成了相互激励的局面。文学作为一种广义的复制技术，依赖于生物模仿说的一个预设前提，即生命世界是可以借助文字得到再现的。然而"现实主义"这一原则本身,就具有含混的特质。《牛津文学术语词典》的编者波迪克(Chris Baldick)在界定现实主义(realism)这一词条时就提出:"这一术语本身意义不明,这一方面体现在翔实、精确的描写(文学方法)的矛盾性上;另一方面体现在,为了冷静地辨认出实际生活的问题,普遍认为现实主义应该拒斥浪漫主义时代的理想主义、逃避现实主义等元素"。(Baldick:184)可见,在"文学再现现实"的传统修辞中,很难给现实世界与写作的关系提供一个清晰的界定。进化论中的生物复制寓说与现实主义的内在联系,正是现实主义意义趋向不确定的重要因素,其中隐含的生命与文本的之间的张力,未有得到学界的足够关注。

金斯利小说散乱(fragmentary)的叙事风格,是探寻现实主义与生命观内在关联的出发点。长期以来,金斯利被定义为现实主义作家,但他的小说却因散乱的叙事风格而屡遭诟病。对《酵母》社会意义赞许有加的卡扎米安认为它在艺术上不够娴熟,称其"在构思上不是那么精彩"。(Cazamian:254)辛普森(G. Simpson)也提出,《酵母》的主要叙事特征是"散乱"(fragmentarynarrative),这一叙事格局削弱了小说的审美效果。(Simpson:35)豪利(John C. Hawley)则更进一步认为,金斯利的叙事"虽洋溢着想象,却具有戏剧化的不一致",因此它"具有病态的秩序"。(Hawley 1989:19)

在小说《酵母》的尾声部分,金斯利对小说散乱的叙事风格做出如下解释:"时下的年轻人哪个不是思绪万千,对世界不知所以然呢?他们的思想在发酵,好似喷发的洪流。"(Kingsley 1851:266)可见,金斯利对《酵母》的定义是趋向写实的,但是这种写实有别于传统规约中的写实。如果将分析再向前推进一步,将《酵母》的创作置于进化论的语境中,就会发现金斯利对现实主义的理解别有洞天。

在前文引用的《水孩子》原文中,金斯利力求通过小汤姆将生物进化论的概念引入小说文本。水孩子汤姆作为衍指符号,定义了生命的真实。当金斯利借助进化论构建出"现实"的同时,他对进化论的理解,是否仅仅停留在望文生义的层面?"两栖动物"、"鳃"、"微小生物"等概念在以什么方式再现金斯利对生命问题的思索?金斯利的科学背景为这些问题提供了一个视角。

金斯利对科学事业的热爱在他的诸多传记和书信集中得到充分体现。考夫曼(Moritz Kaufmann)、金斯利夫人(Fanny Kingsley)、艾弗斯德(Henry Evershed)和克莱佛(J. M Klaver)都在金斯利传记中呈现了他的科学探索。金斯利对科学的兴趣始于童年。到了中年,他的一些博物观察成果已引起大科学家们的注意。(Kaufmann：10)1854 年,金斯利对拖贝(Torbay)地区海洋生物的观察成果被达尔文用于《人类的起源》(The Descents of Man，1871);赫胥黎和达尔文都对金斯利的科学研究能力很是赏识,他们同金斯利时有通信,并经常寄去自己的著作。(Kingsley 1894：22)金斯利还同穆勒(John Stuart Mill)互通书信,探讨女性的权利、赫胥黎哲学等问题。1871 年,金斯利被选为德文夏尔人文科学协会主席(The Devonshire Literary and Scientific Association at Bideford);第二年他成为自己力主创办的凯斯特自然科学协会主席(The Natural Science Society at Chester)。(Evershed：98)金斯利的一生都在探索科学和心灵的和谐共存,他最早提出用科学的方法到耶路撒冷进行实地考察,对希伯来《圣经》进行谱系学考证。(Klaver：500)

由于金斯利具有科学背景,他对生命的理解并没有停留在将科学作为文学主题的层面。对于金斯利而言,生命是拥有具象的物质存在。在此前提下,对进化学说的现实主义再现,就成为金斯利模仿生命的重要载体。然而,金斯利如何在文学创作中植入进化论隐喻,却并不是一个简单的问题,这还得从进化论的表征困境说起。

达尔文的《物种起源》伴随着表征困境和叙事危机。在西方理性思维的语境中,通过"自然选择"(natural selection)这一概念来阐释进化观点面临着严峻挑战。进化思想(evolution)对人类知识构型的深远影响自不待言,其极具颠覆性的立论和掷地有声的佐证无疑改写了人类历史的轨迹。与此同时，达尔文的代表作《物种起源》自1859年问世以来，便受到方方面面的攻击。宽而言之，它对基督教文明和神创论（creationism）来说，简直有如一剂砒霜；它的体系有将道德和伦理弃之不顾的危险，这对于精神世界而言，又好比一颗重磅炸弹。

这些都是理解和接纳进化思想的不利因素。但笔者旨在说明的是，通过"自然选择"阐明的进化思想（《物种起源》英文标题很长，名为 *The Origin of Species by Means of Natural Selection, or the Preservation of Favoured Races in the Struggle for Life*），这本身就为叙事设置了壁垒和屏障：西方文明主客体对立的认知构型和线性逻辑，同进化思想的精神核心互相抵牾。这也解释了进化学说为何会在公共领域遭到非比寻常的反感和攻击；（See Scott：263）这还能解释为何即便是那些对达尔文鼎力相助的科学家们，对自然选择理论的基本观点却不以为然；（See Mayr：86）这还提示着，为何达尔文的进化观点最终归属于众多的叙事再加工。"为了达到清晰的意义图景，进化观点在不同文本和语境中遭遇了叙事上的挪用"。（Abbot：144）。

在表述通过自然选择实现的进化理论时，有三个叙事障碍：说"进化学说"是个完整故事，差强人意；把"随机变异"讲得众人叫好，勉为其难；人们要认识"物种"一词，真所谓跋山涉水，前程漫漫。

先来研究第一个叙事障碍。这里所说的"进化学说"是个不完整的"故事"，是指表述进化理论的障碍。这一障碍基于一种普遍存在的认知构型，即人类通过讲故事和听故事（叙事）理解世界。（申丹：736）一个故事由若干叙事实体（narrative entities）构成，则要而言，格莱马斯（A. J. Greimas）著名的"行动模型"（The actantial-model）呈现出叙事范畴中结构性的角色功能，比如"英雄"和"坏蛋"（英雄的对立面）、（寻找中的）目标、帮助主人公的人物和发送情报的人物（这类角色通常是引发问题的施动方）等等。需要注意的是，每个角色在一个叙事过程中各尽其职、各得其所，它们之间的互动成就了一个完整的故事。因此，不能简单地将"行动者"贴上"人物"这一标签，相反，它是叙事的一个结构性的基本成分（See Greimas：66）；普洛普（V. Propp）则认为"角色"（characters）是构成故事的重要条件；另外，查特曼（S. Chatman）的"事件"（event）和"存在体"（existent）这两个概念则分别从行动和发展，人物和场景两组成分中勾勒出一个故事应有的内容，即什么是故事；他还从话语的概念入手，解释故事存在的方式，即故事以何种方式成为故事。（See Chatman：78）

虽然叙事学领域对讲故事和听故事这一认知构型的剖析百家争鸣，各有侧重，但简而言之，他们对故事的基本形式都存在一个共识——也就是很多人耳熟能详的话语：一个故事有七个实体要素，即时间、地点、人物、事件、起因、经过、结果。《物种起源》的叙事障碍便由此而来。阿伯特（H. P. Abbot）就指出，达尔文笔下的"进化""自然选择""物种"和"变异"（variation）这些核心概念，其本身并不是具有能动作用（agency）的实体。更有甚者，它们看起来根本不是叙事实体。（See Abbot：144）这里阿伯特旨在说明，由于叙事实体的缺失和变形，以叙事的方式表述进化思想困难重重——自然选择和进化这两个核心概念，其本质是对时间意义上的"变化"（change）的理解，在叙事的层面，"变化"容易演变为"行动"（action），但在语言范畴中，一方面"行动"同前文提到的叙事领域中的"行动"的关系是不完全对等的；另一方面，在既定的认知范畴，又很难找到"行动"以外的术语来精确表述"行动"所意指的"时间意义上"的"变化"。下面不妨举一例来佐证上述说法。风靡全球的美国情景喜剧《老友记》（*Friends*）第二季中有这样一幕：供职于纽约自然博物馆的罗斯是酷爱恐龙的古生物学博士，他对达尔文的进化论笃信不疑，认为那是无可争辩的事实和真理。罗斯无意中得知他的朋友菲比不相信进化论，认为它"只是有关猴子的故事，太过简单"。罗斯试图通过各种例子来说服菲比，下面是他们的对话：

　　罗斯:好,菲比,看,我是怎么把这些玩具移动的? 因为我有对称的拇指。如果没有进化学说,你怎么解释对称的拇指?

　　菲比:搞不好是因为我们头上的神需要用这些手指头来开动他们的太空飞船。

　　罗斯:拜托告诉我你这是在开玩笑。

　　······

　　菲比:我想这里关键的问题是:谁制造了这些手指头,以及为什么他们要制造这些手指头!

菲比的话让罗斯一时语塞。她的话其实恰如其分地表达了,在既定的认知模式中理解进化论的困难。首先,现代文明的逻辑思维习惯于对清晰简单的线性表征存有成见,这就是为什么菲比认为进化论只是有关猴子的故事——它太过简单,不足以解释人类历史。另外,人们的认知思维通常认为一个故事有若干要素,一个事件需要在施动者和受动者同时作用下才能完成,在达尔文的进化学说中,把"进化""自然选择""物种"和"变异"这些核心概念在前文所言的构成叙事的动因和要素中各安其位,对号入座,的确很难。

　　同时,"自然选择""优胜劣汰""随机变异"这些核心概念,其意涵在达尔文的进化学说中本是不带有价值判断的中立措辞,但也许正因为在叙述它们时存在的不利因素,该学说被后人歪曲理解甚至巧加利用。以中国语境中的进化学说为例,金晓星佐证了 19 世纪 70 年代之后的中国社会如何对进化学说实行了转义。在《物种起源》的中译本中,译者马君武(1881—1940)"通过对达尔文文本的修正,尽可能地弥合达尔文的学说与先前已被灌输给那个时代的进化观念之间的差异"。(金晓星 2011:24)马氏在译文中将"进化"改写为"进步",并将中国社会纳入历史的线性发展进程之中。

　　从叙事的角度思考这一转义后不难发现,达尔文的"进化"表征听起来不但晦涩难懂,而且不食人间烟火。但马氏译本中"进步"的表征模式是一个容易被理解的"故事"。达尔文"反对将自然选择看成一种人格化的存在,自然界不存在这样一个代理者。然而在马氏笔下,天择具备了一定的超自然特征,它非常类似于一个至高无上的存在——物种存灭的有意识的裁决者:'此一种为优,彼一种为劣,而一一择焉'"。(同上:28)

表征进化论所面临的第二个危机是:"随机变异"这个故事不好讲,也不好听。这在于进化学说复杂的因果关系。表述进化学说的难点不在于"进化"一词本身,而在于达尔文学说中的进化是通过自然选择完成的。阿伯特指出,很多人对该学说核心概念存在误解,自然选择的完成实际上有赖于随机性变异(random variation)。(See Abbot:147)如果将进化学说当作一个叙事文本,"机遇"(chance)作为它的主要角色的反复出现,使该学说作为一个"故事"成了问题。当然,"机缘巧合"作为一种叙事手段,在文学文本乃至现实世界里充当着中流砥柱的角色,它常常主导着整个故事的基调。比如说,在莎剧《威尼斯商人》中,为了好友的婚事,安东尼将自己的商船加上身上的一磅肉全部抵押给犹太商人夏洛克,而屡屡顺风顺水的船队,偏偏在这时候全部遇难;又如哈姆雷特被遣送到英格兰本是去送死,但机缘巧合使他遇见海盗而得以逃脱等等。但是,在人们惯常的认知习惯中,"机缘巧合""意外""随机发生"这些"情节"非在千钧一发的时候偶尔发生才好,否则故事(不论是虚构和还是真实),都称不上是一个彻头彻尾的好故事。回到达尔文的进化学说。物种渐变的主旋律受控于无所不在、无限衍生的随机变异过程。(random variation)"机遇"不但在达尔文进化学说的"故事"里充当着关键角色,"随机性"还是整个故事的主要情节,它周而复始地投掷着命运的筛子。

最后,进化学说的表述面临的第三个叙事困境是:进化学说要求人们重新理解"物种"这一概念。梅尔(E. Mayr)在《何为进化》(*What Evolution Is*,2001)一书中提出,进化学说中"物种"这一概念给社会学家设立了很多难题，"人口学家和分类学家对生命活动得出的结论几乎南辕北辙。对于分类学家来说，类别是真实存在的，而变异只是幻象；而人口学家又认为，类别关注的只是一个平均值，是一个抽象的概念，只有变异才是真实存在的"。(Mayr：75，84)对于"物种"理解的分歧，存在于对其表述的本身。在经验世界，物种并不真实存在，真实存在的是个体生命。被"自然选择"了的不是"物种"，而是个体生命。

由上可见，进化学说和经验世界对该学说的理解呈现出两套叙事。第一套叙事是通过自然选择实现的进化叙事，即一条叙事主线：物种——新物种——更新的物种——还要新的物种；第二套叙事说明的是个体生命的演变，其叙事主线可以是：一只兔子出生——它遇见另一只兔子——两只兔子生育后代——兔子们死亡——兔子们再生——新兔子。如果将第二套叙事的主角换成人类，那么故事将无比异彩纷呈。

第一条叙事主线是对进化进程中物种演变的全局凝视。而第二条叙事主线关注的是现实世界中个体生命的生老病死。关于物种的叙事是对第二条叙事主线的高度归纳，但人们可以把第二条主线中的"兔子"的故事随意（也许就像"随机变异"一样随机）更换成其他主题和角色，它们中的任何一种都是可以叙述的故事，意外频出的小故事。但是由于"物种"这一概念本身的含混性，我们表述和界定它的意涵时，必须借助第二条叙事主线的表征。

阿伯特进而指出，这样的两条叙事主线存在叙事的分裂（narrative disjunction），为了理解"物种"这一概念，人们需要将现实世界中活泼的生命故事同物种进化的单调叙事分离开来。换句话说，虽然这些有关生老病死的小故事异彩纷呈、惹人欢喜，但是他们同物种的进化过程又有何干呢？也就是说，在第二条叙事主线所呈现的整个过程中，并不存在这样的一个实体，可以作为存活下来物种的主体(See Abbott 2003：147)。可见，这两条叙事主线既相互依赖，又相互排斥。

修辞帮助缓解进化论的表征困境。进化学说中的修辞运用弥补了它的叙事缺陷,但同时也使它的原初思想在语言中被改写。进化学说的修辞之力主要体现在类比和拟人手法的运用,首先说说类比。古生物学者、《物种起源》的译者舒德干先生在译本导言中就指出了类比在表征进化学说中扮演的角色:

> (达尔文)之所以在开首第一章就优先论证家养状态下生物变异的普遍性,这是因为变异是自然选择的基本"原料"。假若没有变异,那自然选择将成为无米之炊。但为什么作者不直接讨论自然状态下的变异,而要先研究家养状态下的变异呢? 正如达尔文本人指出的那样,家养状态下的生活条件远不如在自然条件下的条件稳定均一,因为变异更大、更显著、更易于观察、更为人所知。由显见的家养状态下的变异入手,然后再用类比的方法,逐步深入到较难于观察到的自然界中的微小变异,应当是人们认识复杂事物本质属性的常规逻辑。由显而微,先易后难,这也正是达尔文论证方法的高明之处。(舒尔干:6)

由此可见,《物种起源》精心安排的布局体现了达尔文在叙事上的用心。虽然类比的方法是人类认知的常规形式,只有类比单枪匹马,还是难以应付进化学说理解的障碍的。因此,拟人化的处理方式是理解自然选择和变异等进化学说核心概念的捷径。比如说,在《物种起源》中有关自然选择的讨论中达尔文说道:

> 通过有计划的或无意识的选择方法,人类能够产生并确实已经产生极大的成果,那么自然选择为什么就不能产生如此效力呢? 人类仅就生物外部的和可见的形状加以选择,而"自然"(请允许我把"自然保存"或"适者生存"拟人化)并不关心外表,

除非是对生物有用的外表。她可以作用到每一个内部器官、每一体质的细微差异及整个生命机制。（同上:56）

类似的拟人化处理在《物种起源》一书中无处不在。从叙事和认知的角度来说，把"自然""自然选择"和适者生存的状态进行拟人化处理之后，进化学说骤然成为一个完成的"故事"，它可以回答常人都会问的一个问题:是谁做了什么使物种发生变化。

在上述引文中，达尔文将"自然""自然选择"和适者生存这三者并归成对等的主语进行拟人化处理，但在下文和本文没有引用的达尔文言说的内容中，拟人化了的"她"又都说的是"自然"（nature）。因而进化"故事"中的"谁"便飘忽不定。这也许也昭示着表述进化学说时难以逾越的障碍。达尔文的拟人化处理也屡屡遭到后人的诟病和拷问，比尔（Gillian Beer）在其著作《达尔文的情节:达尔文、乔治·艾略特和 19 世纪小说中的进化叙事》（*Darwin's plots: Evolutionary Narrative in Darwin*, *George Eliot*, *and Nineteenth-Century Fiction*, 2000）中便多次提到达尔文进化学说的表述困境来自其语言本身——过多的人类中心言辞（anthropocentric）和描述中充斥的代理人（agency）。（See Abbott:145）扬（Robert M. Young）则进一步分析了达尔文的进化表征风格形成的原因:这是现行语言使用中无可避免的"意外"，它是表达抽象的进化学说的必经之路;进化论叙事中充斥的神学修辞体现了达尔文早年的神学教育背景。（同上:143）

在分析进化学说的叙事困境之后，让我们回到金斯利对进化论的改写和挪用。在《水孩子》结尾的一幕情节中，陆地上的童工小汤姆在水下世界被仙女教导成好孩子，水下仙子通过魔法书告诫汤姆，如果他不思进取，就会退化成比猴子还不如的东西。有趣的是，金斯利本人是虔诚的基督徒，又是深信进化学说的达尔文支持者，达尔文在他的著作中还引用了金斯利的博物考察资料。在此前提下，金斯利是如何通过修辞和叙事策略重新演绎进化论学说的呢?

仙女的魔法教科书中展示的"懒人国"居民的结局是进化学说的一个缩影。懒人们不听先人的劝告,在火山上好吃懒做。接下来仙女又翻过五百年的历史,这其中昭示了懒人们的进一步灭亡。当仙女又翻过五百年的历史时,懒人们已经生活在树上,而且他们遇见了其他物种——狮子。等到仙女再翻过五百年历史的时候,懒人们已经开始进一步进化,而且"物竞天择"的叙事开始出现在童话文本中:

> "哎,"埃莉说,"狮子好像吃掉了他们中间很多人啊,你看现在都不剩多少人了。"
>
> "是的,"仙女说,"你看,只有最强壮最活跃的人才能爬树得以逃生。"
>
> "但是,他们肩膀真宽,体格真是大得吓人,"汤姆说,"他们是我见过的长得最壮的。"
>
> "是的,他们现在很强壮;因为女孩们只会嫁给那些最强壮勇猛的男人,只有他们才能把她们带到树上,摆脱狮子的威胁。"
>
> 仙女又翻过五百年历史。此时,活着的人更少,更强,更猛;但是由于长期用大脚趾抓住树枝,他们的脚变了形,大脚趾就好像是大拇指一般,灵活得就像印度裁缝能用脚趾穿针引线一样。
> (Kingsley 1864:218,219)

接下来,"进化"叙事出现了。在仙女的故事里,五百年之后,多毛酋长的孩子是多毛的,他们的后代也是多毛的。由于气候潮湿,除了多毛的懒人之外,谁也活不下来——他们多半生病死了。仙女再翻过五百年历史,懒人国的后裔已变成类人猿,可以直立行走,但是还不会讲话。最后,又过了五百年,懒人国彻底消亡了:

> 由于食物很糟糕,又有野兽和猎人,他们死光了,消失了,只

留下一个下巴像扑克牌中的杰克一样的老人，他直立时有七英尺高；当他站立着边咆哮边用力拍自己胸脯的时候，一位猎人看见了，一枪射中了他。这时，他记起他的祖先也曾经是人类，他想说，"难道我不是人，不是你的兄弟吗？"但是他忘了如何使用舌头；然后他试图叫一名医生过来，但是他也忘记了医生那个词。最终他只发出了"呜波波"的声音，然后就死了。这就是那个伟大而又快乐的懒人国的结局。（同上：220 - 222）

懒人国的兴衰史是进化学说的隐喻，金斯利在书写进化学说时进行了隐晦的改写，他试图绕过"谁最先创造了第一个物种"这个叙事难题。如果将达尔文的修辞运用同《水孩子》中这个情节安排进行比较，可以发现金斯利的改写具有几个特征：

首先，"懒人国"的故事在体裁和场景上具有丰富的含混性，这个故事的语言形式和意义的复杂关系，揭示了表征进化学说的困难。《水孩子》的体裁是童话文学，这为金斯利在进化学说上大做文章提供了有利土壤，比起其他严肃小说来说，这种文学体裁非常容易借题发挥，以"儿童看不懂晦涩难懂的故事"为由将进化学说进行改写是完全可以接受的。但是在童话体裁的范畴之内，金斯利对进化学说的改写又异常慎重。昭示着人类进化史的懒人国故事，是如何讲述的呢？它来自虚构的水下世界，由虚构的水王国仙女讲出，仙女讲述这个故事的来源，是她手里的一本魔法书。从水下世界，到仙女，再到魔法书，这个懒人国的来源已经环环相扣，虚上加虚。金斯利的这一叙事安排，试图绕开以惯常认知模式理解进化学说的难题。

其次，金斯利将进化学说中的"物种"替换为"懒人"，此举使"物种"这一概念变得容易理解。这里有必要回溯一下前文中论证的叙述进化学说的第三个困难：对"物种"的理解难题，存在于对其表述的本身。在经验世界，物种并不真实存在，真实存在的是个体生命。因此，进化学说呈现出两套叙事。第一套叙事是通过自然选择实现的进化的宏观叙事；第二套叙事是说明个体生命衍变的微观叙述。在这里懒人国的兴衰史是对自然选择的微观例证。

第三，金斯利将懒人国的兴衰书写成一个让人一目了然的线性故事，这回避了达尔文用尽篇幅试图说明的复杂问题。在懒人国的故事中，金斯利描绘了老少皆宜的生动故事，在里面变异和进化的随机性，以及"谁使自然选择发生"这两个重要问题在叙述中被弱化。叙述人在懒人国故事的开头，对本该是很关键的上述问题一笔带过，匆匆进入每五百年一变的精彩故事里。懒人们因何而来，只被交代为"他们开始不听先人的劝导，非要住在火山上"。另外，由于将物种进化做了"懒人"的拟人化处理，物种变异的随机性、进化不等于进步这两个关键问题被弱化，懒人道德上的懒惰成为他们最终灭绝的根本原因。虽然"达尔文在《物种起源》之后的著作《人类的由来》中进一步强调爱和同情在人类社会中的重要性"（吴宁等 2011:5），但是在物种进化问题上，达尔文并没有将进化同伦理联系起来，由此可见，"懒人国"的故事对进化学说进行了改写，以便使其更接近人类的伦常理解。

在分析了《物种起源》和《水孩子》中表述进化学说的修辞策略之后，可以得知，理解进化学说同语言的使用休戚相关。表述进化学说的语言形式，直接导致了对意义的不同解读。进化学说挑战了人类惯常的认知模式。

细读金斯利的小说文本就会发现，小说在形式上并没有遵循现实主义力求客观再现的创作原则，相反，在对生命起源问题的情节布置中，金斯利刻意背离了进化论的原意，将生命的真实让渡给主观的艺术模式，这种现实主义的艺术性越轨，暗示了金斯利对进化论的辩证理解：生物进化论所模仿出来的生命，同它所宣称的生命客体本身，本质上存在着无法逾越的沟壑。在《水孩子》中，懒人国的故事是对进化论的巧妙挪用（appropriation），此举试图绕过"谁最先创造了第一个懒人"这个叙事难题。（李靖 2013:77）由于将物种进化做了

"懒人"的拟人化处理,进化学说中的生命模仿机制也随之被改写。

可见,金斯利并不认为,进化论的生命复制形式可以清楚地解释生死问题。但是,金斯利对生命观的美学认识,是否走到要捏造真实客体的程度?《水孩子》中的仙女形象,将本章的讨论引入了另一个重要维度:在金斯利的生命观中,传递生命的纽带,如果不是进化学说,会是什么? 在进化学说与宗教激烈交锋之后,对于宗教对生命的解释权这一问题,金斯利有何答案?

二、女性形象、反禁欲主义与"健壮的信仰"

学界对维多利亚时期的女性生存状况普遍持有一种看法:女性在男权盛行的社会风气中地位低下,缺乏自我。(周颖,2012:95)在此语境中,金斯利小说中浓墨重彩的女性形象就显得十分特别:《水孩子》中的主人公汤姆在扬善仙女和惩恶仙女以及小女孩埃丽的共同培育下,变成了好孩子。本文前面提到的懒人国的衰败史中,懒人们的性别是没有交代的,但是在《水孩子》的初版封面上,描绘的是一群娇憨的水孩子围绕在仙子膝下,仙子神态安详;具有半自传性质的《酵母》是金斯利的首部小说,其中女主角阿什蒙对男主角兰斯洛特的生命起到了重要作用,而阿什蒙的原型就是金斯利的妻子法尼;(Klaver,2006:128)在金斯利最著名的现实主义小说《奥尔顿·洛克》中,贵族名媛艾琳娜最终成为洛克的精神导师。女性形象在金斯利的生命观中,起到什么重要作用呢?

及至中年,作为女王御用牧师的金斯利,同主教纽曼(John Henry Newman,1801—1890)就信仰的性质展开公开辩论。这场辩论引起舆论广泛关注,金斯利的生命观和宗教观也被推到了风口浪尖上:金斯利公开反对天主教信仰中的禁欲思想。(See Kingsley 1894:69)这是传统的天主教徒难以接受的。但如果把金斯利小说中的女性形象和这场辩论放置于进化论的语境之中,就会发现它们呈现了金斯利面对现代科学的冲击时对宗教观的修正：掌握生命真谛的"神灵"是心智健全，顺应自然法则的母亲，而非科学家或祭坛上的耶稣基督像。这为人类择种留良提供了可能性。这种生命观和金斯利小说中很多教条而滑稽的科学家和神父，形成了丰富张力。进而，金斯利生命观中的重要一环，便是他提出来的"健壮的信仰"（muscular Christianity）（同上：89），获得这一信仰的前提，便是尊重自然规律。对于金斯利而言，生命的真实有赖于尊重自然规律。在《夫人如何？小姐为何？》（*Madam How and Lady Why*，1870）一书中，金斯利把女性和社会的关系娓娓道来："如果我们满心热爱事实和自然，并对它们心怀信任和敬畏，它们就是意志力的化身，这不仅仅反映出夫人、小姐的求知心和行动力，还有全能神灵的力量。"（Kingsley 1870：9）

金斯利生命观中科学与宗教的激烈交锋，使他在思考科学、生命、文学、宗教等问题时，把性别问题着重凸显。通过尊重自然规律获得生命的"健壮信仰"，是金斯利生命观的重要意涵。由此也引入了另一个问题：当现实主义的模仿机制无法抵达彼岸的时候，生命的真实从何处寻找？在生命科学越发依赖生物模仿技术时，文学现实主义也相应获得了广泛的合法性，试图为生命提供具象和意义。作为一种广义的复制技术，现实主义的机理同现代科学一脉相承。但是，金斯利对生命的理解非常复杂，他既不接受科学的教条，也不接受宗教的教条，相比之下，金斯利将视野拉回了被现实主义放逐的文学元素：死亡、鬼魅、梦境、沉默，这些文学想象为金斯利提供了探索生命的特殊场域，使他能够捕捉到微妙的生命变化，接纳生命本身无法言说的真实、矛盾和暧昧，从而体察到另一种维度的生命真实感。

三、真实生命在别处

严格的现实主义写作认为，怪力乱神对揭示人性的奥秘起到反作用。从科学主义的视角出发,任何事物都应具备人类认知所能够解释的原理。而金斯利认为,生命问题的解决不能仅仅依赖科学知识或是宗教规约,因为两者的成立依赖于人类经验的普遍性,而后者的意义必须从生活的"别处"寻找。在首部小说《酵母》中,金斯利便开始了大道无形的哲思,提出生命重生的问题"在行走中解决"(Kingsley1851:262);这在进化学说和传统天主教思想之间,搭建了对话的桥梁;《奥尔顿·洛克》中有一章节独立开辟,题为《梦境》,现实主义和隐遁无形的生命叙事之间形成了强大的张力和对峙,生死问题从而开辟了新的视野。死亡和飞散是金斯利小说中的重要元素,它们使金斯利能够游走在现实主义的边界,探索生死的终极意义。因此,文学想象永远要为鬼魅、梦境、幽灵、沉默预留足够的位置,承认生命的有限性、微妙性和不确定性,这种意义上的文学作品,才可以承载金斯利的生命花园。

在呈现了现实主义模仿说的缺陷之后,金斯利的文学想象如何试图抵达生命的真实呢?《酵母》和《奥尔顿·洛克》中的关键情节提供了清晰的线索。《酵母》记载了年轻贵族兰斯洛特在科学和宗教教条中迷失自我,最后走上重生之路的故事。在小说的最后一章,金斯利借用了基督教隐喻林荫幽谷(The Valley of the Shadow of Death)为题。在这一章中,兰斯洛特的情人阿什蒙在贫民窟救助活动中染病而死,兰斯洛特也被教父欺骗,失去了所有财产,此刻的他可谓走在生死的边缘,这样的情节也为探讨生命问题提供了契机。失魂落魄的兰斯洛特在酒馆遇到了神秘的智者巴纳克尔,在与后者进行了苏格拉底式的长谈后,兰斯洛特茅塞顿开,走上了重生之路。巴纳克尔点拨兰斯洛特的一段话语发人深省:"鉴于你是人类学家,我告诉你一个理论——问题在行走中解决。(笔者加:原文为拉丁语 Solvitur ambulando)如果你不喜欢天主教的规约,那么就别相信它,信仰是自由的。"(Kingsley 1851:262)智者所说的"行走"到底是在什么环境中行走,叙述人并没有交代,小说以开放性的结尾告终,兰斯洛特跟随智者走进了圣保罗大教堂的西门。他是否真的得到重生,读者仍旧无从知晓。

在《奥尔顿·洛克》中,金斯利安排了题为《梦境》(The Dreamland)的一章,如果对其加以细读,就会发现里面暗藏生命玄机。《梦境》被安排在小说的倒数第六章,在之前的一章《深渊》(The Lowest Deep)中,洛克以工人作家的身份探访下层女工的住处,并认为那里是地狱的入口。洛克对社会现实的"再现"到此戛然而止,在紧接着的下一章中,他发了高烧,在梦境中体会到另一种意义上的生命真实感。这一章中,进化论寓说与鬼魅的并行,给金斯利的生命观开辟了新的阐释路径。

洛克在梦里先是完成了由石珊瑚到鬼怪,到猿猴最后回归到人的蜕变。指引他转变的是三位女性:他的母亲、他的暗恋对象莉莲和他日后的精神导师艾琳娜。这样的情节安排呼应了金斯利的女性观。强烈在场的怪力乱神和进化叙事之间,也产生了强大张力。在变成人类后,洛克在梦境中成了另一个宗教寓言中的人物:一个山谷的领袖。在全山谷的人为要不要实现贫富均等发愁时,艾琳娜以先知的身份出现,她以一首诗的形式告诫大家真理,而这首诗传达的思想正是大道无形,天下为公的哲思。事出巧合,在小说最后一章,跟《酵母》的结尾如出一辙,洛克通过和精神导师艾琳娜的长谈获得重生,后者的很多思想早已出现在洛克之前的梦境之中。这样的艺术安排,是否象征了金斯利对生命真实的独特理解? 跟《酵母》的开放性结尾相似的是,洛克受到艾琳娜的派遣前往墨西哥,为英格兰的生命力寻找新的血液。临行之前,洛克抱病而死,洛克死前领悟到了什么,读者无从知晓。鬼魅、死亡和沉默这些艺术元素,为金斯利的生命观提供了丰富的养分,当科学话语不能充分解释生命本质时,金斯利通过文学想象表达了他对神秘生命的思索。正如汪晖对鬼魅这一艺术元素的作用做过的如下评价:

现实世界在"鬼"的视野中失去了它的稳定性、合理性,失去了它的自律性,它的道德基础。在"鬼"世界的强烈的、绚丽的、分明的、诙谐的氛围中,我们生存的世界呈现了它的暧昧、恐怖、异己、无所依傍的状态。"鬼"世界的激进性表现为它所固有的民间性、非正统性、非官方性:生活、思想和世界观里的一切成规定论、一切庄严与永恒、一切被规划了的秩序都与之格格不入。(汪晖:420)

由此可知,在金斯利的生命观里,潜藏着深刻而丰富的暗流。金斯利并没有把生命的解释权明确交付给任何一种知识系统,相反,通过对传统文学元素的驾驭,金斯利承认了生命本身的微妙和玄机,同时也开拓了一场现实主义文学的变革。

结　语

19世纪中叶以降,进化学说在公共空间的渗透,给人类的知识构型带来了深刻变革。生物模仿学说与文学现实主义互相激励,一脉相承,取得了解释生命的合法地位。科学与宗教在金斯利生命观中的激烈交锋,使作家以新的视角审视生命的意义。有意为之的现实主义越轨宣告了一场文学革命,也暗示了金斯利对宗教信仰做出的调试。鬼魅、沉默、死亡、梦境等文学想象,为金斯利探索生命提供了真切的养分。《水孩子》给依赖生命复制技术的后人留下无尽启示。

第三章 休闲的馈赠：乌有乡里的"第二个童年"

威廉·莫里斯(William Morris，1834—1896)的乌托邦名著《乌有乡消息》(*News from Nowhere*，1890)给后人呈现出与金斯利的水下世界不一样的愿景：在一个休闲精神指引的文化生态中，无论是成人还是儿童，都可以获得身心的全面发展。乌有乡里的百岁老人哈蒙德把生活定义为"第二个童年"："正是我们那孩子般的天真才会产生富于想象力的作品。在我们的童年时代，时间过得那么慢，因此我们好像要干什么都有工夫似的。"(莫里斯：131)较之狄更斯等作家笔下境遇凄凉的儿童，乌有乡里的儿童是"另类"的，他们超越了工业文明的羁绊，是属于未来的儿童；乌有乡里的"第二个童年"是莫里斯想象的健康生活方式的具体表现，在休闲的滋养下，大人和孩子都能够享受童年般的愉悦。

英国工业革命时期是人类文明的重大转型期，在此之前农业文明主导着人类社会，在此之后工业文明日趋成为现代社会的关键词。"随着近代资本主义工业社会的高度发展，自亚里士多德以来所倡导的休闲理念，受到了空前挑战。"(刘慧梅、张彦 2006：93)莫里斯是该时期休闲批评的集大成者，从他的休闲形塑中，可以管窥到一个批判机械文明和"进步"话语的文化传统。莫里斯传承了卡莱尔(Thomas Carlyle，1795—1881)、阿诺德(MatthewArnold，1822—1888)、罗斯金(John Ruskin，1819—1900)的衣钵，认为工业资本主义催生出对进步、速度、效率的过度追逐,产生心手分离的异化状态。休闲被他者化、客体化。

　　闲适的文化生态是对"进步"话语的有力推敲。在莫里斯的文化批评视野里,休闲是重要一环,莫里斯甚至为《乌有乡消息》创造了"休憩时代"(An epoch of rest)的副标题。莫里斯之所以把休闲放在文化批评的显要位置,是因为他的转型期焦虑。按照威廉斯(Raymond Williams,1921—1988)的论断,文化一词的演变记录了人们对历史性变化的反应,即对社会、经济和政治生活中的重大历史性变化做出的重要而持续的反应。(SeeWilliams,1959 :xvi‐xvii)威廉斯言及的"历史性变化"在19世纪的英国,意味着农业文明向工业文明的转型。针对转型期焦虑,19世纪英国文坛形成了文化批评传统。"在以往三百年中,人类面临的最大问题,就是社会转型问题。……在这一方面,卡莱尔、阿诺德、罗斯金和莫里斯的功劳最大。"(殷企平,2010:73)"到了穆勒、阿诺德和罗斯金的时代,对文明的肤浅及其悖逆自然效应的焦虑开始赋予'文化'一词新的价值含义。"(Hartman:207)

　　卡莱尔率先对"机械时代"表达了焦虑:"这是个机器的时代,无论是从字面还是内涵上来说都是如此。如今没有一件东西是直接做成或手工做成,一切都是通过一定规则和计算好的机械装置来完成的。"(威廉斯 2011:81、82、83)阿诺德也在其《文化与无序》(*Culture and Anarchy*,1869)中提出,机械文明会导致文化的失序;罗斯金在《给这后来的》(*Unto This Last*,1860)中说道:"在所有事物中,治理与合作是生命的法则,而无序和竞争则是死亡的法则。"(Ruskin:202)

　　在莫里斯眼中,机械文明带来的文化无序体现在进步与休闲的失衡上。英国工业革命在维多利亚时期走向成熟,主流的文化价值体系与工具理性不谋而合。维多利亚人时代精神(Zeigeist)的主旋律是"我们搬走了大山,并将大海变为通途;什么也阻止不了我们。

我们向粗野的自然挑战,并用我们不可阻挡的机器,永远胜利地前进,并满载战利品而归"。(摩根:438)弗莱(Northrop Fyre,1912—1991)在《现代百年》(*The Modern Century*,1967)中将上述对速度和效率的顶礼膜拜称为"进步的异化":"总有什么在催逼着你往前赶,越来越快,越来越快,致使你最终感到绝望。这种心态,我称之为进步的异化。"(弗莱:8)

莫里斯试图修正进步的异化,休闲旨在重塑健康的生活方式。莫里斯的休闲镌刻的烙印,呼应了马克思和恩格斯触及的一种生活方式:"在共产主义社会里,任何人都没有特定的活动范围……上午打猎,下午捕鱼,傍晚从事畜牧,晚饭后从事文艺批评,但并不因此就使我成为一个猎人、渔夫、牧人或批评家。"(Marx:173—74)乌有乡的休闲也探索了这种有机的生活方式。在进入莫里斯的"第二个童年"之前,有必要先去了解一下休闲共同体中的儿童,他们是有机生活方式的缩影和结晶。

一、乌有乡里的儿童

来自19世纪的客人盖斯特(Guest)在乌有乡几天的行程中,几次遇到过儿童。每一次的相遇都给他留下深刻印象。在充满罗曼蒂克气氛却又不孤寂荒凉的肯辛顿村林里,盖斯特遇到了许多人群。他们来来去去,在树林边缘漫游。人群中有许多孩子,年纪从六岁到十六岁不等。在盖斯特眼里,他们是他们种族特别优良的标本,他们都在享受生活的乐趣:有的在那些搭在草地上的小帐篷附近走来走去;有的在帐篷旁边生火,火堆上悬着锅子,这种生活方式很有吉卜赛人的意味。船夫迪克向盖斯特解释,因为树林中有疏疏落落的一些房子,那些房子多数很小,它们在英国还有奴隶的时候被他们叫做小别墅,可是在盖斯特眼里这种建筑物在树林中却显得特别可爱,而且很适宜。盖斯特以为这些儿童都是住在那些房子里的。但迪克告诉他说，孩子们不一定都来自附近林地的房子，而可能是来自乡间各地。他还告诉盖斯特说，他们经常会成群结队，在夏天到树林里来玩上几个星期，像盖斯特看见的那样，就生活在帐篷里。大家都会鼓励那些孩子这么做，因为这样他们就能够独立工作，能够更好地认识野生动物，这比他们呆在家里死读书要好得多。迪克还告诉盖斯特，许多成年人也到树林里过夏天，他们大多会选择去比较大的树林，像温泽或者第因森林，或者北方的原野。除了能够获得乐趣之外，这种生活还能给这些成年人提供一些干粗活的机会。盖斯特接着问道，当孩子们在这里过完夏天回到学校后，他们的精神状态是否会变得更加饱满。不料，迪克却对"学校"这个名词感到惊讶。他不了解"学校"和儿童之间的关系。在迪克看来，他们有一群（school）鲰鱼和一个画派（school）这样的说法，如果仅是就这样的意义而论的话，那孩子们也只是"一群儿童"而已。因此，迪克只能笑笑，承认自己不知道儿童和学校之间的关系。（参见莫里斯：35－43）可见乌有乡的教育在休闲的精神指引下，已经摆脱了机构化的教育体制。

后来主人公谈到了历史方面的话题。盖斯特问迪克，他们是怎么样教授历史的。迪克回答说，当孩子们学会阅读的时候，就会偏向阅读他们自己喜欢的书，也很容易找到大人来告诉他们哪一些是某个领域最好的作品。或者对他们解释，他们所阅读的书里的疑难问题。迪克还说孩子们并不全部都喜欢历史，迪克认为喜欢历史的人并不多，迪克听他的曾祖父说过，人们在动荡、斗争或混乱时期才会特别关心历史，而现在的情况并不是这样的。迪克还告诉盖斯特说，许多人倾向于研究那些能增长有益知识的东西，比如说研究关于事物构成的学问或者是关于前因后果的问题。还有另外一些人，就像迪克的清洁工朋友鲍勃一样，喜欢在数学方面进行研究。迪克微笑着跟盖斯特说，强迫人们改变他们的趣味是没用的。听到这里，盖斯特问迪克孩子们如何学以致用。迪克回答说，这取决于儿童的年纪差距。一般孩子们在 15 岁之前，基本只会阅读一些故事书，大人们也不想他们过早地沾染上书呆子气,即使有一些儿童很小的时候就喜爱读书,但一味阻止他们也没什么好处。况且这样的情况并不会持续很长时间,当他们长到 20 岁左右就能找到他们性之所近的东西。而且,孩子们大多喜欢模仿长辈,既然他们看到长辈们都在从事真正有趣味的工作,像造屋、筑路、栽花种菜之类的事情,孩子们也愿意从事这样的活动。在这样的氛围中,大人用不着担心孩子单单只具有书本知识的人的数量过多的问题。盖斯特举目四望,在一匹老马慢慢往前走的空当,心想着什么时候可以进入伦敦市区,他想现在的伦敦市区应该也变得不一样了。可是迪克却不希望就这样结束他们的话题,他沉思了一会儿继续说,就算那些喜欢读书的儿童长大之后真的变成具有书本知识的学者,那样也不错,因为能看到他们心情愉悦地从事着别人不太喜欢的工作,是十分有趣的。而且那些学者般的人物都很有趣,他们心性和蔼可亲,脾性谦逊,同时又很热心地想把他们知道的全部知识都传授给大家。(同上)

　　盖斯特遇到儿童的另一幕,发生在一个整洁的商店,或者说是货摊。那里简简单单没什么虚饰,映入眼帘的是一个柜台;墙壁上装了些架子,跟平常所见的商店没什么很大区别。店里有姐弟二人,弟弟 12 岁左右,有着棕色皮肤,在看书;姐姐是个 13 岁左右的小姑娘,很漂亮。她坐在柜台后面,也在看书。迪克对那俩姐弟打了招呼,并告诉他们,盖斯特需要一些烟草和一个烟斗。小女孩很认真又很机灵,马上回答说好的。那个小男孩抬头盯着盖斯特的奇怪服饰一直看,可马上就脸红了,似乎知道自己的举动不大礼貌,就转过了头。小女孩看着盖斯特,脸上带有一副小孩子做开商店游戏时的庄重表情。她问盖斯特需要哪种烟草。盖斯特感觉是在和小姑娘做游戏,心想着除了购买烟草还会得到些什么别的东西,于是跟小女孩说要土耳其的上等烟草。听到吩咐后,小女孩从她旁边的架子上拿下了一个篮子,走到一个坛子旁边,从坛子里取出了大量烟草放在篮子里,又把装满了烟草的篮子放到柜台上。盖斯特当时不但可以闻到,而且可以看到,那些的确是土耳其的上等烟草。盖斯特对小姑娘说,她怎么没称一称烟草的重量,也没问盖斯特要多少钱。小女孩并没有回答,而是劝盖斯特把烟草袋装满,因为盖斯特将要去的地方,可能就没有土耳其上等烟草了,她还问盖斯特的烟草袋在哪儿。(参见莫里斯:47－53)

　　盖斯特在口袋里摸索了一会儿,拿出了他的烟草袋——一块印花棉布。女孩看着那块棉布,露出不屑一顾的神情,她对盖斯特说她可以给他一块比那块破棉布好很多的东西当烟草袋。小女孩轻快地走到商店的另一边,走到小男孩身边低头跟他说了些什么,小男孩点点头站起来就走了出去。不一会儿,小女孩拿起了一只精美的红色摩洛哥皮的烟草袋对盖斯特说,这只烟草袋很漂亮,也可以装很多烟草,让盖斯特拿去用。接着她就埋头把烟草袋塞满烟草,放在盖斯特身边。之后又对盖斯特说,他们最近收到三只挺漂亮的烟斗,可以帮盖斯特挑一只。小女孩转头走开了,当她回来的时候手里拿着一只硬木刻成的精致烟斗。装烟草的部分很大,那只烟斗还镶着金,并有一块块小宝石点缀其间。那是盖斯特见过的最漂亮、最精致、最华丽的烟斗,它很像日本的优美工艺品,质量也堪称上乘。(同上)

　　盖斯特看到那只烟头的时候吃了一惊,说这样珍贵的烟斗只有统治世界的皇帝才配使用——它实在太豪华了。他又补充说自己总是丢烟斗,用这么贵重的烟斗很不合适。小女孩以为盖斯特不喜欢这只烟斗,她显得有些失望,但得到盖斯特肯定的回答后,对他说让他尽管拿去,不要因为怕丢掉它而担心,因为总会有人捡到再拿去用,而且他也可以再过来拿另一只烟斗。盖斯特从小姑娘手上接过烟斗仔细端详,脱口而出问这东西要怎么付钱。当盖斯特说这话的时候,迪克把手放在他肩上,以一种滑稽的表情看着他,像是在警告他不要把早已失效的商业道德再搬出来。盖斯特这时候面红耳赤,沉默不语。小女孩用一种严肃的态度看着他,因为她并没有听懂盖斯特的话,盖斯特在她眼中就像一个说错了话的外国人一样。最后,盖斯特终于笑容满面地向小女孩道了谢。在把烟斗装进口袋的时候，盖斯特还是不禁在想，无功不受禄，他会不会被传到什么地方接受审判。小女孩用一副成年人优雅的礼节对盖斯特说不客气，并表示她为能够给令人敬爱的老先生服务感到荣幸，特别是她以为盖斯特来自遥远的海外。（同上）

正在这个时候，外出的小男孩走了进来。他双手端着个托盘，上面放着一只长颈瓶和两只漂亮的玻璃杯。女孩的弟弟显得很羞涩。女孩说，在盖斯特他们离开这儿之前不妨喝一杯，因为他们姐弟难得接待像盖斯特这样的客人。之后小男孩把托盘放在柜台上，很庄重地把一种淡黄色的酒倒进那两只大酒杯里。盖斯特感觉很高兴，因为夏天炎热的天气让他很是口渴。盖斯特喝着酒不禁想到自己还活在世界上，莱茵河的葡萄酒还没有失掉它的香味。他在心里盘算，问了迪克，那种自己酿着好酒，自己却不得不喝下等威士忌的酿酒工人已经不在了，那么到哪里再找这样的好酒。盖斯特心情愉悦，对着两个小孩说，怎么不为了大家的健康而喝一杯。小女孩回答说自己不喝酒，她比较喜欢喝柠檬水，并说了句祝酒词。小男孩回答说自己比较喜欢喝姜汁啤酒。（同上）

告别姐弟二人后，在旅行的路上，盖斯特问迪克，在一般情况下，孩子们是否都在市场上为人们服务。迪克回答说孩子们常常在市场上为人们服务，只要所经手的东西不很笨重，但孩子们干这种事情的时间不会很长。迪克继续告诉盖斯特说，孩子们喜欢在市场上服务，因为他们觉得这挺有趣的。迪克认为这样的服务对孩子们是有好处的，他们在接触大批各式各样的物品的时候，会逐渐得到相关的知识，比如那些货物是怎样造出来的，又或者是从什么地方运过来等等。而且，这种工作一般都会比较简单，随便什么人都会做。迪克还跟盖斯特说了一个故事，在他们这个时代的初期，很多人都会患上一种叫做懒惰的病，大多数在历史书上被叫做奴隶主或雇主的人，都是在某个坏时代里不停地强迫别人为他们工作的人的直系子孙。在变革时期,那些生了懒惰病的人都要用他们的全部时间在货摊里服务,因为他们会干的东西真的很少。迪克也的确相信,曾经有个时期,那些有懒惰病的人是被强迫着去干活的,原因是如果这种毛病不加以严厉医治的话,那些人,特别是女人,会变得特别丑陋,他们生的孩子也会很丑陋,让他们的邻居都忍受不了。迪克很高兴地告诉盖斯特说,现在这种病已经被消灭了。即使有人患上这种懒惰病,也是比较轻微的,只需要一些泻药就可以根治了。以往的一切已经一去不复返了。迪克告诉盖斯特说,现在他们用很奇怪的名词去称呼懒惰病:"布卢德伏斯"或者"马利格拉布斯"。(同上)

迪克对盖斯特说,在19世纪,儿童到了一定年龄的时候就被送到学校去,不管在学校里他与他同学之间的才能和性情多么大相径庭,学校也不会考虑实际情况,硬是逼着儿童去学习一些传统课程。迪克认为这是对儿童身心发展的忽视,如果这么进行下去的话,这样的教育机构所训练出来的人,全部都会有不同程度的损害。只有那些具有坚强反抗意志的人,才不至于被它踩躏。他庆幸地说,还好在过去的年代里,大多数儿童都还具有一定的反抗意识,否则他们还不能达到当下这个地步。他还向盖斯特分析了这样的制度产生的原因,还说那是贫困造成的。因为在19世纪,社会是建立在系统的掠夺之上的,那时候人们根本还生活在极端贫困之中,因此人们根本不可能获得真正的教育。19世纪所说的教育的全部理论,仅仅是把一些知识强行灌输给儿童,甚至动用一些私刑也在所不惜,同时还会加上一些根本没用的谎言:比如说不学习就会一辈子愚昧无知之类的话,所以贫困的结果是必然的。接着他转而说到,对于现在而言,以前的一切全都一去不复返了,乌有乡没有压迫,知识到处都有。如果一个人想要找到知识的话那也是轻而易举的事情。从这方面来说,人们已经富裕起来,当然也会有充分的时间让自己学习。(同上)

盖斯特肯定了迪克的说法,但同时提出疑问:假如一个孩子或青年始终不想学习知识,或始终不朝着大人们期待的方向去发展——

比如就是拒绝学习算数或者数学，那么等他长大以后几乎也不可能强迫他学习了。在这种情况下，在这个孩子或青年的成长过程中，是不是可以强迫他、或者应该强迫他去学习。对于这样的疑问，迪克反问盖斯特：他自己是不是在别人的强迫之下学习的。当得到了肯定的回答后，他略带着嘲笑的语气问盖斯特，他现在的岁数多大，还有现在在算数或者数学方面的掌握情况。盖斯特回答说他今年五十六岁，对于数学一无所知。得到盖斯特坦白的回答，哈蒙德没说话只是轻轻笑了笑。哈蒙德告诉盖斯特，他们已经恢复了一些最优秀的传统，所以现在已经和 19 世纪有很大的差别了。现在牛津进行的是真正的学问，那里的学者们追求的是纯粹的知识，总体来说，学者们追求的是知识的艺术，而不是过去那种商业化知识。（参见莫里斯 80 - 81）

乌有乡里儿童的生存状况是休闲实现后的写照。在一个闲适的文化生态中，乌有乡的慢灵魂塑造了"第二个童年"。由亲缘关系和爱维系的共同体也成为连接时空的有机纽带。百岁老人哈蒙德其实就是盖斯特的后裔，盖斯特初见哈蒙德不久，就发出这样的感慨："讲到我自己，我这时正在使劲地望着他，那样子也许已经超过了礼貌的范围；因为他那张干苹果似的脸在我看来的确非常熟悉，仿佛我以前曾经看见过——可能是在镜子里看见过，我对自己说。"（同上：69）而哈蒙德自己说，他现今使用的很多生活物件都是祖辈留下的，共同记忆不但指向未来，也连接着过去。有机的共同体让乌有乡的后代不论在容貌还是品格上都成为良品，因为"快乐产生快乐"。（同上：80 - 81）

作为当时家喻户晓的艺术家，莫里斯的休闲世界也被艺术孕育着。在过往地评论中，汤普森（E. P. Thompson, 1924—1993）在莫里斯传记《威廉·莫里斯：由浪漫主义者到革命家》（*William Morris：Romantic to Revolutionary*, 1955）中花费大量笔墨评述过莫里斯的文艺生活。威廉斯（Raymond Williams）认为莫里斯的诗歌大多虚弱;(Williams 1959:155)另一位莫里斯研究权威布里格斯虽然在他编纂的《莫里斯选集》(*William Morris: News from nowhere and Selected Writings and Designs*,1962)里收录了不少诗歌,但认为"许多诗歌都是特地为逃避现实而作的";(Briggs:13)阿姆斯特朗提出,想要了解莫里斯诗歌的真谛,需要"探索 19 世纪社会的工作形式和性质如何对现代诗歌形式和意识产生重大影响";(Armstrong:235)杨玲和于文杰在研究英国 19 世纪手工艺运动时,特别关注到"莫里斯用'艺术道德'的意识形态来改造社会";(杨玲、于文杰 2015:189)殷企平也提出,"在莫里斯描绘的理想蓝图中,艺术就是生活的气韵和命脉",艺术的存在还具有记录功能,"艺术是记载历史的"。(殷企平 2012:41、46)

　　然而过往的莫里斯研究并未将艺术和《乌有乡消息》(*News from Nowhere*,1890)的副标题"休憩时代"(An epoch of rest)中隐含的文化愿景联系起来。乌有乡的休闲世界是用艺术设计的,莫里斯的休闲批评非但软弱无力,而是遒劲有力。休闲通过打破"进步"话语产出的四组二元对立的认识型(episteme)而实现,也就是叙事中主与客的翻转、艺术与生活的合二为一、共同体消融"进步"史观、自然时间战胜机械时间。

　　《乌有乡消息》呈现出乌托邦和恶托邦并存的艺术格局,用一个休闲的阿卡狄亚(Arcadia)神话对抗"进步"神话,糅合出耐人寻味的对称美。乌有乡的休闲寓言,旨在从认识论的维度解构"进步"话语制造出的先进与落后、主体与客体、主流与他者的二元对立知识构型。在艺术结构上用休闲之邦对垒万国博览会的场馆水晶宫(the Crystal Palace),并对后者进行戏仿。在小说情节上,乌有乡的不事艺术与不事历史,恰好引出了休闲的实质,具体而言,这体现在三个维度。首先是打破艺术与生活的对立,让艺术不再被机械文明客体化,他者化。让艺术回归于生活本身;其次是用共同体消融进步史观。乌有乡乡民所反对的历史,是麦考莱(Thomas Babington

Macaulay,1800—1859)式的进步史,这种历史制造了线性的知识和真理,其本质却是空洞的,不足以连接过去与现在,莫里斯进而提出共同体理想,旨在用亲缘关系和爱维系人类发展;第三个维度是用自然时间消融机械时间。机械时间的特质是同质的、空洞的,机械时间主导的文化滋生出好逸恶劳这种病态的"休闲"。只有尊重自然、热爱自然,才能实现休闲的精神状态。慢,就是快,劳动的报酬就是生活本身。

二、叙事中的主与客

卜泽德(James Buzard)在《让小说迷失:19世纪英国小说的自主民族志》一书中提到,19世纪的英国人对人类经验差异性的理解仍然在一个"复杂的整体"的范畴之中。19世纪语言学和地理学意义上的边界,事实上也在形成认识论意义上的边界。(Buzzard:8)卜泽德所说的"复杂的整体"也就是同质的、大写的文化的代名词。这种文化的主旋律是机械文明主导的"进步"话语。在认识论的层面,"进步"的逻辑意味着主体和客体、中心和边缘、先进和落后,以及它们之间的含混边界。《乌有乡消息》是一部广义的民族志,莫里斯观察英格兰整体生活方式的视角超越了"进步"话语对叙事方法的控制,劈断了"进步"话语制造的主体和他者,将叙事主体翻转,把主人公盖斯特(Guest)的叙事权威让位给乌有乡乡民,让后者展现休闲的实质。《乌有乡消息》在内容上旨在呈现休闲,在形式上率先完成的是逾越"进步"。

布泽德认为,进入小说叙事的方法是不读(unread)小说而非阅读小说。也就是说,研究者须尽可能捕捉到小说家有意忽略的信息和视角,同时避开乱象环生的含混结构,最终揭开遮蔽部分的文本肌理,发现充当隐喻的叙事策略。一部作品中没有包含的信息成为其形式最重要的部分,产生有价值的陌生化效果。(同上:43)《乌有乡消息》没有明示,却时刻在场的潜在信息,便是伦敦首届万国博览会的展馆水晶宫。《乌有乡消息》的叙事格局是对水晶宫的戏仿。1851年伦敦万博会强化了"进步"话语在日不落帝国的民族记忆。在维多利亚女王的丈夫阿尔伯特亲王的支持下,许多代表着先进文明的技术产品和装饰艺术从外国汇集到水晶宫展出。大部分奖章都授予了英国展品。水晶宫也让英国人印象深刻。"展览厅是第一座这样大规模地使用铁和玻璃的建筑物,也是第一座主要用预制件建成的如此规模的建筑物。展览厅在十七周内建成,全部是私人投资,占地面积相当于罗马圣彼得广场的四倍,在有三千三百根铁柱和两千三百根横梁组成的漂亮结构上,安装了八十万平方英尺的玻璃"。(威纳:36)水晶宫象征着机械文明编制的神话,它让人们相信社会是可以控制的机器,社会中的一切物质和精神层面的问题都可以通过技术加以解决,只要技术和物质进步了,只要生产持续发展,只要财富不断累积,任何问题都能迎刃而解。

在《乌有乡消息》中,莫里斯清醒地控制着叙事进程中的时空交错,赋予叙事主体一种当局者的置身事外感,让观察视角自如穿梭于当下和未来。这种有所控制的疏离效应在艺术上营造出观察水晶球般的奇幻感——像爱丽丝漫游的仙境一样,用审美现代性对抗水晶宫象征的机械现代性。叙事笔法产生了陌生化的效果,指涉了另一个不在场的强大隐喻——乌有乡的文化生态正是对水晶宫的戏仿,而后者承载着英国人对机械文明和"进步"神话膨胀的自信。

《乌有乡消息》中局内人和局外人的互相交融成为颠覆"进步"话语的决定性要素。叙事权威并非高高在上或置身事外,而是参与者和观察者的统一体。观察者的地位始终处在受控的自我疏远状态,叙述人总是以流动的方式自由穿梭于情节之中,最终形成了局外人的置身事内。(Buzard:10)莫里斯设计的套中套的叙事格局,在形式上完成了过去与未来、叙事主客体之间交替,营造出魔术师观察水晶球一样的艺术效果。《乌有乡消息》的叙事手段既有第三人称,也有第一人称，这让叙事主体可以自如地在特殊和整体之间穿梭，形成有所控制的疏离。第三人称叙事允许观察视角从外部聚焦乌有乡内部；而第一人称视角，以及"我们的"这样的概括，让乌有乡特殊的文化生态具有整体的、民族的意义。整部小说的叙述人是小说第一章出现的第一位社会主义同盟朋友，他以第一人称的叙述方式讲述了第二位朋友盖斯特在乌有乡的见闻。而在小说结尾读者会发现，这两位"朋友"其实都是莫里斯自己。

乌有乡居民的好客进一步实现了小说叙事上主客体的翻转。威斯注意到《乌有乡消息》与一般的乌托邦不同，这部小说本身的特质是开放性的而非封闭性的。这种开放性主要体现在主人公的好客上。(Waithe：xii)殷企平认为主人公客人的身份起到在两种时空中穿针引线的作用。(殷企平 2009：40)小说的主人公名叫盖斯特(Guest)，这个单词又有"客人"意思。名字起到双关的作用，提醒读者以 19 世纪观察者的角度看待乌有乡。叙事空间的内部完成了文化的"翻译"，叙述人的注释不失时机打断叙事进程，既呈现出"进步"与休闲两种文化的冲突，又时刻保持着时空上若即若离的分寸感。盖斯特和乡民游历乌有乡的时候，频频在一些词汇的含义上产生误会，比如"贫苦"(poor)、"学校"(school)、"素雅"(genteel)。旅行接近尾声的时候，盖斯特在泰晤士河畔看到了一个磨坊，莫里斯此处特别加了注释："我应该说，沿着泰晤士河一路有许多磨坊，它们的用途各不相同；这些磨坊没有一个是丑陋的，其中许多非常漂亮，而且它们周围的花园可爱极了。"在最后的晚宴上，盖斯特说他"真希望这座教堂跟西边的古罗马市镇的教堂或者北边森林市镇的教堂一样大，一样美"。在另外一处景观莫里斯加了注释说，"他一定指的是赛伦塞斯特和伯福。"(莫里斯 ：204)

莫里斯像观察水晶球一样观察着乌有乡，又像魔法师一样自由穿梭于水晶球的内部和外部，从中营造出的曼妙之感预示着一种对抗——用审美现代性对抗水晶宫象征的机械现代性。水晶宫被维多利亚人视为英格兰民族的象征。透过钢筋玻璃构成的展馆,人们甚至产生了可以洞见人类发展全貌的幻觉。同时,乌有乡里的百岁老人哈蒙德多次告诉盖斯特,他们的文明就像童话中一样美妙、他们生活在第二个童年里。盖斯特自己也多次用"仙境"来形容乌有乡。如果说水晶宫所构建的如梦似幻的场景依赖于"进步",世外桃源乌有乡的精神内核则是休闲。

在叙事上《乌有乡消息》堪称反客为主,颠覆了主流和他者,先进与落后的二元对立。盖斯特经常被百岁老人哈蒙德和船夫迪克苏格拉底式的问话惊得哑口无言。美丽睿智的女性爱伦更是把盖斯特迷得神魂颠倒,几近对她产生了爱情的感觉:"爱伦别具一格、几乎是野性的美使我心不在焉了。"(莫里斯:191)乌有乡与水晶宫的对置让人们认识到,水晶宫的辉煌是未经检验的。复调式的艺术形式构成了进入莫里斯休闲精神的钥匙。莫里斯通过窥镜般的叙事手法,将叙事的权威充分让渡给乌有乡乡民,在乡民和盖斯特的谈话中浮现出休闲精神的实质。

小说故事情节的推进是在盖斯特和乡民们的对话中完成的。在一个对速度顶礼膜拜的机械社会,人们无暇探求生命的真谛,促膝长谈已然是稀有产品,乌有乡里的畅所欲言无疑是对"进步"话语的反拨。在谈话中,来自 19 世纪的盖斯特沦为落后的他者,乌有乡乡民对新旧时代的看法却是字字珠玑,充满警示。谈话在艺术形式上体现了休闲的真谛。休闲一词来源于拉丁文"licere",意指自由(to be free),"休闲本身包含了两层基本含义:自由和自由时间,教育和智慧……这两层含义之间是相联系的,首先要有自由和自由时间,然后利用自由时间接受教育和获得知识。"(刘慧梅、张彦 2006:91)苏格拉底式的畅谈和亚里士多德的休闲观又形成互文。亚里士多德认为,在闲暇时间里人得以完善理性能力、语言能力和人际交往,从而完善人自身。"人的本性谋求的不仅是能够胜任劳作,而且是能够安然享有闲暇。"(亚里士多德:256)

　　莫里斯深切意识到工业革命时期休闲伦理遭受的漠视。乌有乡的休闲是超脱了"进步"话语桎梏后实现的。《乌有乡消息》首先在形式上逾越了"进步"话语，叙事中的主客翻转成为进入休闲精神内部的钥匙，进而打开了休闲的另外三面天光：艺术与生活合二为一、共同体对进步史观的消融、自然时间对机械时间的超越。首先要探讨的是艺术与生活的合二为一。

三、艺术与生活

　　威廉斯认为，作为一个民族整体生活方式的文化，与该时期的艺术唇齿相依，一个时期的艺术必然跟该时期普遍流行的"生活方式"紧密相连，其结果是审美判断、道德判断和社会判断都互相紧密地联系在了一起。（Williams：130）细读《乌有乡消息》会发现一个有趣现象：乌有乡充满艺术气息，但是百岁老人哈蒙德和美丽女性爱伦的价值体系却是不事艺术的。在一个以闲适著称的乌有乡，不事艺术意味着什么？

　　在莫里斯激荡的一生中，艺术设计和文艺创作是抒发文化诉求的重镇，在 1890 年完成乌托邦名著《乌有乡消息》时，莫里斯已经基本完成了从浪漫主义者到革命者的转变。他成立了古建筑保护协会，辗转于东方问题协会、民主同盟和社会主义同盟。在此期间他自己的艺术设计公司也经历了重组。在 1881 年这一年，生产设备全部迁至哈默斯密斯修道院之后，公司也宣告没落。理想和现实的巨大冲突，加上政治、文化诉求的屡次幻灭，已经让晚年的莫里斯清醒意识到，有生之年看到新世界的到来已经绝无可能。在人生的最后几年，莫里斯专注于文学创作，旨在通过文艺进行文化教育、抒发政治理想。在莫里斯的文化批评里，休闲的国度是用艺术设计的，艺术无时无刻不在悄然增加人的愉悦感，在具有艺术意义的劳动中，艺术给人的心灵和视觉以美的体验，劳作带来的疲惫在无知不觉中减缓，艺术带给人希望、快乐和收获的喜悦。（Morris：156）莫里斯说，当我们的居所充满着协调的装饰时，艺术可以帮助调节情绪，更好地工作和休息，人类的艺术是自然的艺术，质朴而感人。（同上）艺术最基本的意义在于实用，"必须让产品既美观又实用，否则它一定失去市场。"（Naylor：215）艺术又是道德的体现，是愉悦劳动的体现。

机械文明扼杀了艺术之为艺术的意义和价值，人文精神的萎靡在于机器大生产带来的人的物化、心和手的分离。技术文明失去审美的引导，工具理性思维过度膨胀，人在生产活动中丧失了主体性，手段升迁为终极目的。这一切都在水晶宫里集中体现。水晶宫给莫里斯留下了极其深刻的印象。当时对效益和利润的顶礼膜拜，使得市场充斥着设计低劣、趣味低下的产品。一些拙劣的生产者还将外形粗糙的工业品加上哥特式装饰纹、洛可可部件作为装饰，希望能提升产品的品位。在莫里斯看来，艺术与生产相分离的乱象，完全背离了手工生产时代素有的整体、和谐、优雅而美观的美学传统。流水线产出的是既无传统依托，又缺乏时代特质的怪胎。拥有敏锐审美知觉的莫里斯无法忍受水晶宫里怪异的视觉冲击，参观中途就决计打道回府。（Stansky：4）

在这个纷扰和庸常的时代，艺术要么被束之高阁，要么沦为不伦不类的怪胎。审美体验中的闲适和愉悦被客体化、他者化了。乌有乡的休闲体现在让艺术回归于生活。乌有乡不事艺术的原因，就在于生活已经成为艺术，艺术就是生活。百岁老人哈蒙德把休闲的时代命名为"第二个童年"："正是我们那孩子般的天真才会产生富于想象力的作品。在我们的童年时代，时间过得那么慢，因此我们好像要干什么都有工夫似的。"（莫里斯：131）

乌有乡乡民之所以可以生活在美之中，是因为摒弃了对资本和利益的极速追逐。放慢了速度的乌有乡不事艺术，因为生活和艺术已经融为一体，人人都是艺术家。除了不事艺术之外，乌有乡的文化对历史也毫无兴趣，乡民关注的新闻更多是日常生活中的点点滴滴。

不事历史是莫里斯休闲精神的另一个体现。

四、进步史与共同体

乌有乡里的居民不但多次对盖斯特表达出对文艺创作的反感，对于历史，他们也是心怀厌恶的。百岁老人哈蒙德告诉盖斯特，他们对历史不感兴趣，他们关注的是日常生活中的新闻。乌有乡所反对的历史，是麦考莱式的追捧"进步"的历史。麦考莱是 19 世纪英国著名的政客和历史学家，在他长达五卷的《詹姆斯二世即位以来英国史》（*The History of England from the Accession of James the Second*，1849—1861）中，英国历史被描绘成"一部值得强调的进步史"，英格兰也成了"最伟大的民族"。（Houghton：39）这种进步史观以"真理"的方式强迫人们接受一种线性的、进化的历史想象，但这种史观却从未触及生活和心灵本身。"历史学家的任务变成围绕这些词语把不连续的、非直线的、没有规律的东西从历史中删除或使其适合历史分期，以符合现代人的思维方式。"（吴宗杰 2008：523）用新历史主义史学家怀特（Hayden White，1928—　）的话来说，进步史观"通过建构一种理论的推理论证，来阐述故事中的故事"。（White：11）历史之于生活的抽离，如同自然之于生命的抽离一样。乌有乡里的克拉娜这样说，过去人们"老是把人类以外的一切生物和无生物，也就是人们所谓的'自然'当做一种东西，而把人类当做另一种东西。具有这种观点的人当然会企图使'自然'成为他们的奴隶，因为他们认为'自然'是他们以外的东西"。（莫里斯：227）

莫里斯必须面对的另一个问题接踵而至：不依靠进步史观而活的英国人，还能依靠什么连接过去和现在，现在和未来？卜泽德曾经提出一个耐人寻味的问题：乌有乡的乡民中没有一个人亲历了旧世界到新世界的变革，那么什么样的过去应该被认为是属于乌有乡的？卜泽德给出的答案是不列颠种族的独一无二性。沿着卜泽德的思路继续挖掘，不难发现一个更深层次的纽带：共同体。

威廉斯在《英国小说》中提出，在从狄更斯到劳伦斯的一百年，英国小说起关键作用的中心意义，便是"探索共同体的实质和含义"。(Williams 1973：11)共同体和文化观息息相关. 腾尼斯(Ferdinand Tonnies，1855—1936)在《共同体与社会》(*Community and Society*，1887)中提出，"血缘共同体、地缘共同体和宗教共同体等作为共同体的基本形式，它们不仅仅是它们的各个组成部分加起来的总合，而且是有机地浑然生长在一起的整体。"(滕尼斯：2)但是以工业文明为载体的"社会"，则"应该被理解为一种机械的聚合和人工制品"，(同上：2)机械文明"给大家以相同的表情、相同的语言和发音、相同的货币、相同的教育、相同的贪婪、相同的好奇心——抽象的人，即一切机器中最最人为、最有规则性、最精密的机器"。(同上：229)对于莫里斯而言，共同体是消解进步史观、实现休闲的途径。按照进步史观的线性发展逻辑，新的时代理应比过去的时代更加完善，这点在《乌有乡消息》的叙事中是有充分呈现的。但莫里斯认为新时代之所以更加美好，是因为人们摒弃了机械的进步史观，转而用共同体来维系社会。支撑共同体的纽带除了亲缘关系，还有对人和生活本身的热爱。这就是为什么乌有乡的乡民不关注历史，而关注生活中的琐碎事件的原因。百岁老人哈蒙德告诉盖斯特，"我们所相信的是人类世界的连续不断的生活的巨流，我们个人经历的有限的日子，仿佛都由于人类共同生活的体验而慢慢丰富起来，因此我们是快乐的。"(莫里斯：167)

共同体也是连接时空的纽带。百岁老人哈蒙德其实就是盖斯特的后裔，盖斯特初见哈蒙德不久，就发出这样的感慨："因为他那张干苹果似的脸在我看来的确非常熟悉，仿佛我以前曾经看见过——可能是在镜子里看见过，我对自己说。"(同上：69)有机的共同体让乌有乡的后代不论在容貌还是品格上都成为良品，因为"快乐产生快乐"。(同上：80－81)政府的工作也是管理家务的延伸，在休闲的文化生态中，劳动和生命是一体的，"劳动的报酬就是生活"本身。（同上：118）人们对于自己的生活环境拥有强烈的归属感，盖斯特不禁概叹道，"他们显得逍遥自在、怡然自得，这种心情也传染到我的身上，使我觉得这个美丽的古迹真正是属于我的。我过去所感受到的欢乐似乎和这一天的欢乐融合起来，使我感到心满意足。"（同上：185）

可以说，麦考莱式的进步史观是抽离于生命的，是强迫性的、机械的，以共同体维系的生活是休闲的、真切的、有机生发的。《乌有乡消息》中的休闲，除了体现在艺术回归于生活，共同体消融进步史观之外，还体现在自然时间对机械时间的瓦解这一个方面。

五、机械时间与自然时间

艾略特（George Eliot，1819—1880）对于机械时代的休闲窘境曾说过，"天才哲学家们已经这样告诉过你们：蒸汽机的伟大功能就是要为人类创造闲暇。不要相信他们！蒸汽机创造的只是一种虚空，以便让人们不假思索就匆匆投入虚幻的世界。"（Eliot：438）弗莱（Northrop Fyre，1912—1991）在《现代百年》（The Modern Century，1967）中也说，"总有什么在催逼着你往前赶，越来越快，越来越快，致使你最终感到绝望。这种心态，我称之为进步的异化。"（弗莱：8）《乌有乡消息》中呈现出两种时间，"有昼夜和四季自然交替——甚至是由身体——支配的时间，同时也有一种由钟表或金钱来调节的、按照年月次序来安排的时间，或者索性称其为商业化的时间，具有现代性意义的时间。"（McDonagh：38）

19 世纪的时间是受控于机械的时间。飞驰的火车意象与艾略特和弗莱的话互为映照。《乌有乡消息》的主人公盖斯特开篇就表达出对铁路的厌恶，在乌有乡四天的行程里他用的是船舶和马车。另一方面，钟表作为机械文明的代言人，以历时性的方式存在于"同质的、空洞的时间之中"。（安德森：30）在《乌有乡消息》的首章，盖斯特卧室的钟表是一个自足的物件，在他梦中云游乌有乡之前，他的生命一直被枯燥地复制着，虽然身在"进步"的时代，盖斯特却经常度日如年。

乌有乡的时间代表的是顺应自然的时间。乌有乡四天的行程虽是极度浓缩的，却呈现出文化愿景的地形图。盖斯特在这里所经历的一切是那么悠然自得，速度与休闲自然而然地融合。这无疑是对"进步"话语的有力推敲。《乌有乡消息》中自然时间与机械时间的并置体现出两种截然不同的价值取向。莫里斯旨在说明，"慢"就是快——越是尊重过去，越是循序渐进，就越能保证人类文明进程的持续不断。（殷企平 308）

"强迫"是《乌有乡消息》反复出现的字眼。机械文明主要体现在对劳动的强迫上，一种独特的"休闲"应运而生，那就是好逸恶劳。按照林力丹的分析，对工作的冷漠是对劳动异化的执意对抗。而"强迫"二字让劳动的美感尽失，乐趣尽失。好吃懒做、好逸恶劳在本质上同"休闲"背道而驰。在乌有乡，美丽女子爱伦在盖斯特看来是慵懒的，但是她的慵懒"远不是娇弱无力，她的慵懒是一个身体结实、精神健康的人要休息时的那种慵懒"。（莫里斯：239）乌有乡的时间是从属于自然的时间。盖斯特在乌有乡总是觉得时间过得很快，但是每一刻他都是快乐的。盖斯特甚至可以用一分钟的时间看到现代工艺中不曾见到的美感。乌有乡也有机械的声音，但是钟声"那清脆美妙的调子……好像是春天的一只画眉的歌唱"。（同上：129）盖斯特的行程顺应自然时间的变化，深刻的讨论在日常生活中进行——比如在早饭后或午餐后。主人公的行程和自然的变化也是合拍的。在谈论中，迪克的话暗示了莫里斯对"进步"话语的反拨："你们在一起只待了三个半钟头，要把两个世纪的历史在三个半钟头内讲完是不可能的。"（同上：128）在小说开篇，铁路的形象是让人生厌，但是在乌有乡，盖斯特很多时候是在船上度过的，船下流淌的正是被奉为日不落帝国象征的泰晤士河。莫里斯给这条河赋予了作为母亲河本初的意义。新时代的水闸顺从自然,迪克用钟表上弦比喻过去的水闸,新的"水闸是很漂亮的。我总觉得你们那种用绞盘(像给钟表上弦那样)的机器水闸,一定很难看,一定会破坏河流的面貌"。(同上:215)

闲适的生存状况使得人们鹤发童颜,精神矍铄。乌有乡的乡民看起来都比实际年龄年轻许多,然而五十多岁的盖斯特看起来却尽显老态。克拉娜对盖斯特说,他看起来显老,原因是他最近一段时间一直在旅行,而且那些地方的主人似乎不太好客。她还引用了一句常言:在不快乐的人们当中生活,使人容易衰老。这里面的"不太好客"其实暗指的是机械文明酿成的冷漠的灵魂。

盖斯特在乌有乡行程的高潮,是观察参与晒干草。这是一项紧随季节变化而进行的活动。人们热爱这项活动,正如热爱他们自己。迪克说,在狄更斯的小说中,穷人对圣诞节这个年关极度恐惧。在乌有乡,人们倾注在晒干草的热情是巨大的,狂欢式的。盖斯特深深感到机械时间和自然时间所代表的两种价值体系对心灵的影响,他"看得出迪克和爱伦一样,以各自不同的方式热爱大地,在过去的时代很少人有这种心情。(同上:263)哈蒙德的人生也是和四季变化交融的,"我是这四季变化的参加者,我亲身感受到快乐,也感受到痛苦。不是有人替我安排好四季的变化,我可以自己成天吃喝和睡觉,而是我自己也参与这种变化。"(同上:262 - 63)顺应自然时间使盖斯特放慢心情,他感受到自然的美,他孕育出诗性的语言:"丁尼生在他的诗中说,仙境中永远只有下午;当他写这句诗的时候,他心中所想到的一定是像今天这样的下午。"(同上:231 - 232)乌有乡里的自然时间及其代表的休闲是对机械文明的有力回应。

结　语

通过叙事上的反客为主、艺术与生活的融合、共同体消融进步史观、自然时间瓦解机械时间,乌有乡在休憩时代里实现了"第二个童年"。无论是乌有乡里的孩子还是大人,都可以感受到童真一样最淳美的文化生态。相较之 19 世纪体验着"进步"焦灼的人们,乌有乡里的"孩子"们享受着慢灵魂。《乌有乡消息》给后人的馈赠,是休闲。

第四章　裴德的无名与哈代的反古建筑修复立场

　　如果说莫里斯笔下的乌有乡"Nowhere"指向未来的休闲愿景，《无名的裴德》英文标题中的"obscure"则喻示了哈代对他自己时代的古建筑修复运动（architecture restoration）的阶级立场。从19世纪早期到20世纪早期，英国沉浸在一场大规模的古建筑修复运动中。根据1874年出版的《教堂建筑与修复调查》，在1840年到1873年的三十几年中，7144座古教堂被重新修缮或改为哥特式新教堂——这个数目达到当时英国教堂总数的一半之多；几乎每个英国人居所附近，都有一座教堂被修复；被修复教堂的数目几乎是该时期新建教堂数目的三倍，修复教堂所耗资金也远大于建造新教堂的资金。(See Tschudi-Madsen：24) 年轻时，哈代作为建筑师参与了几项重要的教堂修复工作，他所供职公司的很大部分利润，便来自古建筑修复计划；哈代对古建筑修复的态度几经浮沉。古建筑修复给哈代创造了丰厚家产，甚至让他完成了参观意大利古教堂的大旅行（Grand Tour）。时至中年，他转变成反对古建筑修复的旗手，并于1881年加入了威廉·莫里斯发起的古建筑保护协会（the Preservation of Ancient Buildings）。① 哈代积极投身于该协会的活

---

① 哈代一生未曾中断过古建筑修复活动，即使不再当建筑师，他仍旧担任了几个教堂修复计划的导师。在1893年到1894年创作《无名的裴德》时，哈代还在负责西骑士（转下页）

动,他参与了对多塞特地区教堂重建原则的讨论;1880 到 1890 年间,该协会发起反对推倒多彻斯特附近斯特拉顿教堂的抗议,并最终获得部分成效,其中哈代功不可没;哈代还对重建此教堂涉及到的专业性问题提出过详细的分析报告。[①]

裘德作为哈代的替身,用他一生的"无名"叩问了古建筑修复主义。古建筑修复与古建筑保护的趣味之争,投射出 19 世纪英国怎样的社会阶层变迁? 阶级的嬗递牵涉到以地方性知识生产为载体的哪些文化诉求? 中世纪教堂如何成为阶级间的文化竞技场? 笔者以为,19 世纪英国古建筑修复与古建筑保护的趣味之争,是贵族阶级和中产阶级为争夺文化领导权而展开的美学竞技。代表贵族阶级的古建筑修复主义,试图将地方纳入现代性谱系,并以此与工业文明实现对接。而代表中产阶级的古建筑保护主义,则在地方用浪漫主义策略与之抗衡。裘德的无名意指他在马里格林丧失故土情怀,在基督寺被大学梦遗弃,在圣西拉教堂亲历爱情残局。这三个面向编织出哈代的阶级辩护书。古建筑保护主义以现代性对立面的方式,为现代性服务。两种"主义"是英国形塑工业化民族国家的"同谋"。

这些还要从裘德度过童年的家乡马里格林喻示的哥特建筑复兴(Gothic Revival)说起。

一、在马里格林

哈代笔下的马里格林,大量古教堂被陌生的现代哥特式教堂取代。新式教堂"是由某个一天之内就从伦敦来而复去的史迹毁灭者

(接上页)顿教堂的修复工作（See C. J. P. Beatty, *The Architectural Notebook of Thomas Hardy*, Dorchester: Dorset, 1966, pp. 30 – 31)。

① 有关哈代在古建筑保护协会的活动(See C. J. P. Beatty, *Thomas Hardy*, *Conservation Architect*, Dorchester: Dorset, 1995, p. 250 – 261)。

建造起来的……那些被毁的坟墓每座只竖起价值 18 便士的铸铁十字架作为纪念，并且只允许保留 5 年即被拆除"。（哈代《无名的裘德》：6。笔者注：以下简称《无》）从中世纪古教堂到哥特式新教堂的变迁，是古建筑修复运动的缩影。后者的大背景便是 19 世纪欧洲的哥特建筑复兴。而提到这场复兴，则需提及该时期的浪漫主义思潮。18 世纪末到 19 世纪初，法国大革命失败。欧洲出现了对理性主义的反拨：浪漫主义。浪漫主义和理性主义最大的区别，在于前者对想象力的推崇。在洛克引领的 18 世纪欧洲哲学理念中，世界是复杂的机器，上帝是伟大的工程师。而 19 世纪欧洲人对宗教信仰投注更多的，是经验和感觉，而非论辩和推理。因此，想象力也是获得宗教感知的必经之路。陌生感、黑暗感和神秘感成为想象力驰骋的场域。19 世纪浪漫主义者认为，中世纪最接近他们的理想理念——更加关注灵性，较少关注世俗。他们推崇的中世纪的秩序、习俗和神性，在该时期建筑中得到具象化呈现。一场美学运动应运而生。"对哥特式建筑的趣味是浪漫主义最基本的表现"。（Clark：87）文学中的哥特趣味推动了哥特建筑复兴的普及。关于哥特式建筑的专业书籍也一度非常流行。可以说，浪漫主义运动中对哥特知识考古的狂热，让哥特趣味走入公众视野。

　　哥特建筑复兴者在情感和激情上的投入，远大于对建筑专业知识的投入。这也许称得上是这场复兴浪漫主义风味的表现。哥特式复兴中的"复兴"二字或许更应打上引号。这样说是因为，对古教堂的哥特式重建掺杂着太多美学和政治诉求。重建甚至意味着彻底的改造。第一座被"哥特复兴"的建筑是贵族赫瑞丝·瓦尔颇的乡间别墅"草莓山庄"（Strawberry Hill）。由于当时建筑师对真正的哥特式建筑知之甚少，"草莓山庄"充其量是洛可可风格的哥特式建筑。直到 19 世纪中叶，哥特风格涵盖了所有带浪漫主义想象元素的意象——中国建筑也被认为是哥特式的。这场复兴对"情感和激情"的投入还体现在复兴的广度上。牛津大学学院的秃墙被重新修复，校园小教堂的入口添置了圣徒像和壁龛。巴斯大教堂的塔楼加上了哥特式小尖塔。《无名的裘德》回顾了哥特建筑复兴的广度。古建筑修复的图景"复制"到裘德幼年时的故园马里格林以外的其他地方。北威塞克斯古镇上的现代小教堂和铁路遥相呼应，像入侵者一样重塑当地人的生活："如今，在斯托克秃山镇，人们最熟悉的便是它的公墓，它位于铁路边一些别致的中世纪遗迹之中；那些现代的小教堂、坟墓和灌木丛，在一堵堵破碎衰败、长满常春藤的古墙里，个个都像是入侵者似的。"(《无》:332)在沙斯托，"承载着离奇传说的古建筑则被修整地连一块石头也不剩。"(《无》:346)

声势浩大的古建筑修复运动，连同象征工业文明的铁路，一并成了哈代叙述人眼中的"入侵者"。凡是与工业美学相关的符号都美感尽失。在1906年发表于古建筑保护协会的演讲中，"入侵者"的观点得到进一步证实。哈代认为，建筑是社会生活得以空间化和现世化的媒介。建筑超越时间，是让人与人之间产生联系的储藏室。正因于此，把古建筑重建的做法脆弱不堪："对建筑外观的替换，摧毁了建筑之于人类联系的纽带意义，历史的连续性(historical continuity)就此中断，这就是70年的教堂修复计划给英国带来的巨大损失。实在可悲可叹"!（Hardy 1990:215）在"连续"的历史知识生产这一问题上，古建筑保护与古建筑修复采取了迥异的审美，将趣味引入了19世纪英国社会阶层变迁这一重大问题上。

位于江湖之远的裘德家乡马里格林，将古建筑修复运动带回到庙堂之高的伦敦。重建威斯敏斯特宫预示了英国哥特建筑复兴的顶峰。复建计划卷入了转型期英国各阶级间争夺文化领导权的论战。1834年10月16日晚，威斯敏斯特宫（议会大厦）里，除了威斯敏斯特大厅和圣斯蒂芬地墓之外的所有中世纪建筑，都在熊熊火焰中燃尽。随后大厅和墓地也陆续坍塌。围绕重建计划展开了"哥特式建筑还是伊丽莎白时期建筑"的角逐。最后，查理斯·巴瑞和奥古斯特·普金的哥特式重建计划胜出。（See Brook:206）重建委员会选用的哥特式复建方案,象征了从中世纪到19世纪连续的英国政体。在之前的20年,处于文明转型的英国一直处在"改革"论战中。和新兴阶层相关的运动风起云涌——劳工运动、宪章运动、反谷物法联盟等等。1832年颁布的第一改革法案(The First Reform Act)更是引发大众愤怒,甚至暴乱[该法案将特许权扩展到每年至少有50镑租金的无契约佃户(tenants-at-will)以及每年拥有价值10镑财产的所有者]。(See McCordet,Purdue:153,154)"改革"论战预示着新兴阶层日趋强大的地位和相应的文化诉求。保守的贵族阶级和新兴的中产阶级之间进行的微妙角逐,在重建威斯敏斯特宫的计划中映照出来。对于改革的支持者而言,大火是变革的神启,而重建委员会决定在故址采用哥特风格重修威斯敏斯特宫,则是对中世纪以来英国传统政治结构连续性的再阐释。

新修建的哥特式威斯敏斯特宫,传达了英国贵族阶级的文化诉求。宗教性公共建筑(See Habermas:2)和英国贵族的兴起密切相关,宗教改革对英国乡绅也产生了深远影响。这要追溯到亨利八世因离婚与罗马教廷的决裂。此后引发的宗教改革成为16世纪英国最重大的历史事件。1534年《解放大修道院法案》(The Act of Supremacy)颁布,而后又被伊丽莎白女王增补。此后,500多座修道院被毁坏,之后英国重新划分了6个教区。宗教改革后,英格兰教会受国王控制,大量税收落入王室,土地得到再分配,乡绅贵族走上历史舞台,英国也成为欧洲最早的民族国家。宗教改革带来的后果是大量哥特式教堂的毁坏。到了19世纪,对这些废墟的新建、翻新和修复,成了英国彰显国力的渠道。而重建大量古教堂,也是贵族阶级在文明转型期获取文化主导权的媒介。

毋宁说,哈代的反古建筑修复立场,是他所代表的中产阶级同贵族阶级展开的将地理空间语境化的政治文化考辨。古建筑是"过去"的空间载体,在19世纪英国权力和文化的张力中被概念化。"过去"在时间上的意义,需要在地理空间中加以表达,古建筑便是可感知的载体。工业革命后,已有大江东去态势的贵族阶级,在古建筑修复运动中制造现代性逻辑,并试图由此跟上文明转型的脉动。在古建筑修复运动中,围绕着古教堂展开了对地方知识的再次形塑。这一知识生产过程在 19 世纪英国文化语境中承担了书写历史连续性的使命。古建筑修复主义呈现的历史连续性,是线性的、进步的。这种"主义"追求的"现代"制造出时空类别(category),将现代与过去,进步与落后进行区分。古老建筑成为哥特建筑复兴话语中被"发现"的客体,对其的改造成为英国现代化叙事进程的重要一环。

贵族阶级希望成为这一进程的"造物主"。(参见范可:130)在英国文化传统中,城市的代言人是商人和平民,乡村则是农人和贵族的故园。贵族是传统和旧有秩序的化身。在古建筑修复这一"文本"中,贵族阶级试图通过具有现代性逻辑的美学运动,维护自身的阶级诉求。以哈代为代表的新生布尔乔亚们反其道而行之。他们倡导的古建筑保护主义,以浪漫主义讽喻对抗古建筑修复主义的现代性谱系。古建筑修复和古建筑保护争夺的,是以古建筑为物质载体的"象征资本"。按照布迪厄的观点,住房是居住者习得基本文化实践的场所,在文字尚未出现的社会,房屋还是表征思想的器物,人们在同房屋的互动中,衍生出"习性"(habitus)。(Bourdieu:15)房屋是身体的延伸,它呈现出居住者的经验世界。被修复的古教堂孕育的"传统"是现代性的发明,总是被用来表征"现在"与"过去"的断裂和延续关系,并总是成为"过去"的代名词。(Giddens:57)对"传统"进行创新、删除、挪用(appropriation)的动力,来自对"过去"的浪漫主义文化诉求,而这种罗曼蒂克风味汇聚之处,便是地方(the locale)。

古建筑保护主义将自身想象成地方和乡土的文化代理人。哈代寻求这一身份合法性的浪漫主义辩护书,起笔于幼年裘德的故里马里格林。在小说中,以征服者姿态席卷裘德生活空间的古建筑修复运动,摧毁了构建于空间和人之间的"历史连续性"。在重组时空的同时,将人原先嵌入在地方语境的社会关系拔地而起,进而篡改了文化记忆方式。在对前工业共同体的空间进行重新编码的同时，古建筑修复主义提供了现代性叙事框架。它普世化、标准化、人工化的逻辑荡涤了地方性的、异质性（heterogeneous）的元素，让裘德与地理空间之间形成紧张（tension）。

按照古建筑保护主义的观点，古建筑让裘德和马里格林建立特殊纽带。古建筑独一无二的历史性确保裘德获得真切的地方性体验，生成不言自明的归属感。坐落着古老建筑的马里格林，因为有了裘德的活动而变成质地丰富的空间，构成裘德经验生活中必不可少的一分子。马里格林独特的地方性与裘德的自我认同密切相关，它承载着后者的文化记忆。裘德的"身体与地方之间就像被打上了难解的哥蒂尔斯之结，无论从哪一点都无法解开……有身体就有地方，有地方就有……身体"。（Casey：235）古建筑修复运动撤销了古建筑的不可复制性，造成历史连续性的断裂，让裘德无法体验到段义孚所说的"恋地癖"（Topophilia）。家乡马里格林的一地一物、一草一木不再是"充满情感事件的承载体"。（Tuan 1977：93）

古建筑在传统共同体中的社会建构属性和情感属性在也被重新编码。马里格林的古井是当地仅存的古迹，而小裘德在水井边体验到的，却不是温情。在老师菲洛特桑去基督寺后，裘德来到古井打水。他触景伤情，对老师打水的记忆通过古井得以具象化。而此时裘德却因发呆被姑妈呵斥了一声"小懒汉"。（《无》：5）姑妈的呵斥突兀地打断裘德的思绪，造成他地方体验的"无名"。这一情节戏仿了哈代所言的"历史连续性"的断裂。裘德姑妈的务实和薄情喻示了一个重要信息：古建筑修复主义内在的现代性逻辑，不但在地理空间上重塑了地方，也规约了人的生活方式和价值准则。和裘德姑妈一样，裘德情人阿拉贝娜与农夫特劳特汉姆的市侩与功利，都暗合了人地关系的紧张。

动物本该是维系人地和谐的媒介，在小说中却成为阿拉贝娜与特劳特汉姆异化地方性体验的投射。在裘德与阿拉贝娜的纠缠中，猪起到了"穿针引线"的作用。孽缘开始于阿拉贝娜朝裘德扔猪鞭调情;新婚之际裘德才愕然发现自己对妻子知之甚少:她的发髻是假的(《无》:57),酒窝是硬挤出来的(《无》:38),她还在奥尔布里坎当过服务员(《无》:57)。阿拉贝娜身上的人工痕迹是古建筑修复主义复制逻辑的翻版。她市侩、功利、缺乏人情味。杀猪时,裘德不小心踢翻接猪血的盆子,招来她一阵奚落和埋怨。(《无》:64)在基督寺屡屡碰壁后,淑卖起了裘德设计的、按照基督寺模样复制的蛋糕。(《无》:360)掺了猪油的基督寺糕是空有其表的赝品景观,是裘德表达基督寺情结的诡异符号。小时光老人杀亲后,淑铁下心和裘德分手。阿拉贝娜和裘德再婚之际,依然撇下重病在床的裘德,流连于猪肉铺的异性之间(《无》:441)。阿拉贝娜不但用手指和舌头嘲弄过裘德的基督寺蛋糕,她沾满热猪油的手还碰了裘德的书(大学梦)。

和猪一样,小说中的鸟也象征了人地关系的异化。在马里格林,小裘德到农夫特劳特汉姆的麦地赶鸟。出于仁慈,他让鸟儿吃了麦谷。麦田和鸟儿勾起裘德的情感涟漪,发呆的他却被农夫发现。裘德遭到农夫毒打,也丢了工作。裘德因鸟儿被打的一幕,呼应了他在古水井突遭姑妈训斥的一幕。裘德的恻隐之心和诚实坦白激怒了农夫。在遭受毒打时,小裘德的"身子像要离心似的无可奈何地转动"。(《无》:10)裘德身体离心般不断加速,呼应了古建筑修复主义的工业文明属性。这一属性在农夫的麦地得到强化:"刚耙过的一行行地就像新灯芯绒上面的条纹一样向前伸去,给这个地方造成了一种平庸功利的气氛,驱走了它一切逐渐演变的迹象,把它过去的历史一概取消。"(《无》:8)

古建筑修复试图"取消"的还有裘德的生命体验。这一运动具备的"时不我待"性复制在裘德的生命进程中,书写出满卷"无名"。在裘德和阿拉贝娜杀猪时,即便屠夫没有按时赶来,猪仍旧要被杀死;尽管在音乐厅的石匠工作损害了裘德的健康,它仍旧要按规定的期限完成;尽管病床上的裘德奄奄一息,阿拉贝娜无论如何也不能错过观看船赛。随着小说情节的推进,裘德越发"无名"。小说叙事节奏像裘德被农夫毒打时离心式的身体一样,不断加速。在小说倒数第二章的标题"在奥尔德布里克汉及其他地方"中,哈代索性不再记述"其他地方"指的是裘德到过的哪些地方。在小说行近尾声时,为了避人议论,裘德和淑隐姓埋名。此时连裘德的"无名"都被禁止。在北威塞克斯的农展会上,裘德和淑自以为没被任何人察觉,其实他们不但被阿拉贝娜夫妇和安妮观察着,他们还被哈代观察着。哈代的叙述人甚至精确勾勒出淑的大拇指:"淑穿着一身新夏装,像鸟儿一般柔韧轻盈,小小的大拇指撑在白色棉布阳伞的把柄上。"(《无》:335)

　　正如段义孚所提出的,地方承载着人的意识和感情,地方"假定了未曾期待的意义,并提出一些人们从没想过的问题"。(Tuan 1977:3)爱德华·雷尔夫也将地方定义为"行为和意图的中心……地方包含了静止的物理环境,在其中进行的活动和它对于人的意义"。(Relph:42,47)在故土马里格林,古建筑修复让裘德对家乡的感知产生异化,马里格林之于裘德的意义也发生异化。裘德先是在马里格林丧失故土情怀,之后在基督寺又被大学梦遗弃,后一段经历把哈代的反古建筑修复立场内化到该运动的精神内核。

二、在基督寺

　　对于裘德的一生来说,在基督寺的生活至关重要。在那里,他努力实现自己的大学梦。这座学府之城因裘德的认知而获得意义,成为具有丰富质感的独特地方。在想象基督寺的过程中,裘德的自我意识得以形成。他对基督寺寄托梦想、倾注激情,将其幻化成"像天上的耶路撒冷"(《无》:15)一样,充满光明的大学城。然而,不论是作为参与古教堂修复的石匠,还是渴望知识的寒门学子,裘德在基督寺的地方性体验都充满吊诡。

虽然修复大教堂是裴德"最喜欢的工作"(《无》:147)，石匠活儿并没有让他在基督寺拥有归属感。这里的古建筑修复气息让裴德迷惑。初来乍到时，裴德把对基督寺的热情投入到它的神秘过去中。对古老建筑的凝视和触摸让裴德体悟到历史连续性，他的地方意识通过古老建筑得以具象化："他仔细看周围无数的建筑，与其说是用一个艺术批评家的眼光去看待它们的结构，不如说是用一个手艺人、一个那些已故同行(是他们用自己的双手建起了这些房屋)的眼光看待它们。他仔细观察那些装饰线条，像一个知道它们当初是怎样建成的人那样抚摸"。(《无》:87)但如果裴德想沉浸在基督寺的历史感之中，他必须进行特殊的建筑复原："当经过那些与城市总体外表不协调的东西时，他就让他自己的视线从它们上面一掠而过，好像并没看见它们。"(《无》:81)

裴德眼中"不协调的东西"指的是古建筑修复的痕迹。在基督寺屡屡碰壁后，裴德在附近石场找到修复古教堂的新工作。在那里，裴德看到很多用来修复古教堂的石料。他觉得"这些东西做得十分精确，平直光滑，惟妙惟肖；而古老的墙上的那些石头却把原样歪曲了，变得支离破碎，参差不齐，毫无美感可言，又不成比例，杂乱无章"。(《无》:88)在裴德看来，石场的活儿是关于复制、修补和仿造的手艺，中世纪崇尚手工和创造的精神"已经丧失生机，宛如一堆煤炭中的蕨类植物的叶子"。(《无》:88)裴德的感触呼应了威廉·莫里斯在1877年古建筑保护协会创立宣言上的话语："修复后的古建筑比其原初的样子低级，古代工匠大师手中完成的作品，如今被既无原创思想、又被欠思虑的二流政客机巧的双手打磨得干干净净、平平整整"。(Morris 1996:53)

威廉·莫里斯所言的"二流政客"暗指牛津运动。19世纪威斯敏斯特宫的哥特式复建投射的改革狂潮，预示了本杰明·迪斯累利所言的贫富分化的"两个民族"。通过宗教形塑工业国家共同体的观念，占据了19世纪英国政治决策的上风。政府主张在贫民区建立学校和教会,强调全社会统一宗教信仰,让贵族和中产阶级对下层阶级给予同情和帮助;国家、私人和教会的投入让古建筑在这一时期被大规模重建。(See Dixo:194)牛津运动从中起到推波助澜的作用。在19世纪的前三十年,牛津运动在英格兰大范围推广对前改革派(pre-reformation)教义的复兴;与此同时,志趣相投的剑桥学生和教授成立了后更名为教堂建筑协会(Ecclesiological Society)的剑桥卡姆登协会(Cambridge Camden Society)。19世纪中期,958名牛津运动成员中有101人是卡姆登协会成员。虽然卡姆登协会中很多牛津和剑桥主教、院长以及一些资深国教牧师都刻意和牛津运动划清界限,1840年前后的相关私人文献却显示,卡姆登协会的两位主要创始人约翰·梅森·尼尔和本杰明·韦伯都是牛津运动的支持者;牛津运动和卡姆登协会格外关注古教堂修复,并凭借在教会和议会的巨大影响力,让古建筑修复运动在19世纪后期的英格兰如火如荼开展。(See White:22, 24)哈代笔下的基督寺,映射的正是这一历史事件。

在中产阶级的哈代们看来,古建筑修复主义无论在认识论还是实践中,都没有实现其初衷——通过贵族的努力调和阶级间日趋明显的矛盾。哈代认为,历史建筑是"石头里的年代记录者……把古建筑保护起来、使其免受建筑复原的意义,不仅仅是美学上的,更是人文精神上的。对古建筑的保护意味着对记忆、意识、友谊和同胞之爱的保护"。(Hardy:204)牛津运动对教堂长条座椅(pew)的移除体现出关于"同胞之爱"的悖论。为了和劳动阶层以及穷人中的不从教者及异教徒抗争,教堂必须以大众机构的形式存在,同时脱离精英阶层的控制。即便是当时的公共祈祷活动,在象征意义上也尽可能凸显教会的平等精神。英国教堂的长条座椅在19世纪是出租给个别会众及其家庭成员的,因此被认为是私有财产的一种。(See Herring:84)牛津运动者认为,教堂正厅大量的长条座椅让礼拜缺乏生命感。在筹备到足够资金后,这些长条座椅在1856年9月开始被陆续移除。(See Davies:179)

　　教堂长椅喻示的社会阶层的分裂，一直是牛津运动关注的焦点。在 1839 年，约翰·亨利·纽曼就对带有温暖小教堂，配有柔软椅垫的教堂长椅，以及雄辩牧师的"圆滑而带绅士派头的信仰"（sleek gentlemanlike religion）发出过警告。（Newman：350,351）对于移除这些长椅的原因，约翰·梅森·尼尔在 1842 年这样写道："座椅看上去意味着自私，一个人把自己关在舒适的座椅中，而其他人则没地方可以坐。"（Neale：11）

　　对于教堂长椅的移除，哈代表达了另一种地方性体验。哈代用"粗暴"一词形容儿时教堂被修复的过程："1840 年那次灾难性的古建筑修复，把卡罗琳教堂的橡木长椅和乔治时期的枣树洗劫一空。"（Hardy：23）哈代所悲叹的"历史连续性"的断裂，和古建筑修复主义制造的历史连续性，属于两种维度。哈代关注的历史连续性是地方性的，它依靠对古建筑原真的、异质的文化记忆得以维系。古建筑修复主义的历史连续性，是现代性宏大叙事的复调，它具有标准化、同质化的色彩。具有吊诡意味的是，虽然对教堂长条座椅的移除试图构建平等，古建筑修复主义从认识论到实践，都渗透着专断的调调。移除教堂长条座椅一举，表面上看是为实现平等，实则体现出深刻的不平等。掌控文化资本的贵族精英决定了建筑应该被何种文化方式记忆、命名（name）。教堂长椅的移除，把人们寄托在建筑上丰富的情感，进行穷人/富人的同质化规约。任何不能归类（categorize）到这一二元分型（dichotomy）的地方性体验，都像裘德家乡的古迹一样，被一概取消。

　　无产的裘德也因古建筑修复主义的命名活动，变得越发无名。对古教堂方方面面的改造依赖于雄厚的资本基础。古建筑修复从未和资本运作失去关联。由于修复的巨大开销，1820 年前的哥特建筑复兴主要限于私宅，修复也成为地位和特权的隐喻对等物。19 世纪中叶以后，在牛津运动推动下，哥特建筑复兴才深入到英国教堂。古建筑修复所花费的资金和回报都远大于古建筑保护。为了获得对教区的控制，大量贵族阶层的资金注入到教堂的修复工作中。在古建筑修复主义的维度，没权没势的裘德只能是无名的工人。

但在古建筑保护主义的维度，裘德不是工人，而是匠人。这两个称谓的区别深意藏焉。与古建筑修复主义不同的是，古建筑保护主义的趣味建立在对艺术和手工艺敬畏的基础之上。对古建筑保护主义者影响深远的托马斯·卡莱尔提出，"工作本身就是高贵的。所有工作都具有神性的东西在里面。"（Carlyle：155，202）古建筑保护主义认为，建筑所承载的地方性知识超脱贫穷与富有、先进与落后的认识论构型，应把意义的生产交付给建筑和人的文化生活本身。在此意义上，艺术实现了古建筑修复主义未能触及的民主和平等。约翰·罗斯金、威廉·莫里斯，以及包括哈代在内的古建筑保护主义者认为，应该允许自然界的因素和时间对历史建筑的改变。只有在老化到濒临坍塌的前提下，才能对古建筑进行人为干预。对于那些被修复得坚硬而平整的古建筑"复制品"，古建筑保护主义者更欣赏未经重建的古建筑——它们表皮破损，并因此拥有不规则的如画美。（picturesque）①

古建筑修复主义则认为，时间和变化可以通过对古建筑的修复得到抵制，古建筑最初的意图可以在对其的修复中加以阐明。剑桥卡姆登协会核心成员约翰·梅森·尼尔就对欧洲如画美学抱有敌意。他认为，为了在视野中构建漂亮的图画而设计很多美学细节，此举纯属浪费时间；为了研习哥特式建筑的科学，对其开展系统而完整计划的意义，要远远大于研究个别素描绘本的意义。（Paley：vii）古建筑修复主义认为，应该从石头的设计文案中找寻古建筑的历史信息，而非用诗意的方式从石头本身梳理出历史。古建筑修复运动允许建筑师用新的史观去修复、重建、设计。相较之 18 世纪中期以来

---

① 有关如画美学的背景，参见何畅《"风景"的阶级编码——奥斯丁与如画美学》，载《外国文学评论》2011 年第 2 期，第 38—39 页。

的建筑理念,古建筑修复主义在精确度上有更高的追求,并由此衍生出一套全新的标准化语言系统表征建筑语法,批评家也用这套语言体系评价建筑案例。

约翰·罗斯金在《建筑七灯》中阐明了古建筑修复的不可能性。这首先是因为,对古建筑的修复建立在对其之前状态的想象之上。其次,艺术被完成时的状态直接影响着艺术的成就。中世纪工匠的社会地位和19世纪建筑工人的处境迥异,后者被建立在大生产基础上的资本主义工资制奴役。资本主义有一种习气,即把共同的社会目标引入更高水准的物质主义。这限制了人类的精神。19世纪的建筑工人仅仅是机器,因此他们制造的东西必然既丑陋不堪,又了无生机。中世纪的工艺品则体现出无限的延展性和完美品相,这是因为工匠们享受劳动的乐趣和生活的愉悦。正因于此,不存在"完美的复制品"一说,因为没有哪个现代作品能够拥有原件最初的本真性。(See Miele:74,75)

约翰·罗斯金还让威廉·莫里斯确信,艺术与社会主义存在关联。二人都认为,艺术有多种维度,艺术属于每个人。让莫里斯焦虑的是,19世纪的艺术家"远离日常生活,把自己包裹在希腊和意大利的梦境中,他们中的少数人甚至假装理解这两国的艺术,并为之感动着"。(Pevsner:22)约翰·罗斯金在设计理念中将高雅艺术和工匠技艺结合。在此基础上,威廉·莫里斯把社会主义同工艺品制造联系在一起。莫里斯认为,诚实的技艺让工人的手艺比精英阶层的文化诉求更具道德情操,精英阶层对知识和美学的追求,依赖于工人阶级造就的艺术。(See Morris 1983:6)

《无名的裴德》深化了上述古建筑保护主义立场。哈代认为,古老建筑是它的设计者、建造者和使用者共同完成的作品。它们还成就了自身。古建筑所承载的文化记忆,使其在存在论意义上拥有特殊价值。建筑不是可以随意复制的某种东西,而是必须要发生(happening)的某种状态,以及会成为(becoming)什么的某种状态。

(See Canon:212)裘德的爱人淑一度是小说中哈代的代言人。初到基督寺的裘德沉醉在那里的知识幻影中。他眼中的真理是"牛津运动的宗教流派创始者"。(《无》:82)淑截然不同。参加完教会活动后,淑在回到圣器店的路上,买了古代大理石雕刻的复制品。在她看来,无论怎样它们也比新修复教堂中"没完没了的装饰品强"。(《无》:82)裘德到梅尔彻斯特看望淑,两人第二天准备出去散心。淑明确表示,"沃杜尔堡是一片哥特式建筑废墟"(《无》:149),她不喜欢那里。但听到裘德解释说,那里是属于科林斯风格的古典风格建筑后,淑欣然前往。淑说,基督寺"充满了盲目崇拜者和见神见鬼的人"(《无》:149),以此暗指人们对古建筑修复主义的盲目崇拜。

淑口中的"盲目崇拜",也意味着当时英国人对古建筑修复主义暗含的现代性的盲从。古建筑修复主义书写的现代性叙事框架,具有普世化、标准化、人工化的逻辑,将地方性知识进行同质化规约。正因于此,裘德在基督寺,才注定无名。做个修复大教堂的石匠并非裘德的梦想,他的梦是融入学府基督寺。而像裘德这样的寒门学子,终究是要被基督寺的贵族精英拒之门外的。当裘德在马里格林对基督寺进行凝视的时候,哈代就已经暗示了一点:基督寺的光环是裘德通过想象加工后神秘化、理想化的产物。裘德第一次看见基督寺,是在一个有雾的傍晚。他爬上梯子,祷告上帝,企求云开雾散。直到太阳吹散浓雾,裘德才看到基督寺乍隐乍现的轮廓。幽暗的光线让基督寺显得神秘莫测,裘德的幻想也和基督寺的幻影融为一体。裘德对基督寺的第二次凝视同样暧昧不明——它部分来自江湖医生维尔贝特的胡说八道,部分来自马车夫的道听途说。

裘德眼中的基督寺是幻化了的想象空间。他感叹的"那一定就是基督寺了"(《无:17》)中的"那一定就是"隐含推测语气,加重了他对基督寺暧昧的地方感知。夜晚时分、雾气缭绕的环境,也从侧面印证了这点。在两次对基督寺的凝视中,哈代采用绘画主义的叙事手法,烘托出具有鲜明视觉效果的场景。但根据小说的种种细节却可得出结论:裴德并不具备描绘如画场景的知识储备。雷蒙德·威廉斯曾经说过,哈代笔下的裴德是个受过教育的观察者,裴德在描绘基督寺时丰富的词汇量和复杂的句法结构,毫无疑问代表着有教养的言说风格。裴德深深迷恋着他所观察的基督寺,而他有教养的风格与实际获得的文化资本并不符合。"若是没有刻意学习过历史并对自然和行为有着专业化的深刻了解,就不会有随之而来的洞察力,他也就根本没法在更为广泛的人文层面上进行真正的观察。甚至是那种所谓的'永恒感'——实际上,这是对历史的感知,对古坟……教堂里的石碑和墓碑的感知——也是教育的一种功能"。(威廉斯,2013:281)

　　裴德在基督寺的失败印证了雷蒙德·威廉斯的论断。在基督寺的日子,裴德始终是无名的工人。基督寺里的院长在回绝为他写推荐信时,称他为"石匠裴德·富勒先生"。(《无》:127)裴德在基督寺就像石灰一样渺小,他是"青年工人,身穿白色工作罩,衣服折缝里全是石头灰尘。那些人路过他时根本就没看见他,或听见他说话,而只是从他身体看过去,就像透过一块窗花玻璃看那边的熟人朋友一般。无论那些人在他看来如何,他在他们心目中根本就不存在"。(《无》:90)裴德曾用锋利的凿子在石碑后面刻上了"到(笔者加:指基督寺)那里去"。(《无》:74)这句"到那里去"曾蕴含多少凌云壮志!在生命的终点,裴德的死尸却"僵直得如箭一般"。(《无》:475)尸体连同石头和书籍,嘲弄着裴德的大学梦:"这时裴德大理石般的脸好像也露出某种笑容;但是旁边书架上的书,似乎听到这个声音就现出苍白、厌恶的表情来。这些书是陈旧的、过了时的维吉尔和贺拉斯的戴尔文版作品,翻得很旧的希腊文《新约》,以及几本其他类似的他没有舍弃的著作——它们已被石头灰磨得很粗糙。"(《无》:475)

　　除了裴德自己在基督寺的无名之外,淑和他们的孩子也被古建筑修复主义的内在逻辑操控。淑在基督寺不停"复制"孩子。这些孩子没有名字。小时光老人虽有自己的名字,但临死也没能受洗。这个孩子的早熟、以及他对基督寺的直觉般的厌恶,都投射出哈代对古建筑修复主义的追问。小时光老人杀了自己的弟妹后自杀,给出的理由是"这么做是因为我们孩子太多了"。(《无》:388)他在遗书中把"太多"(too many)错拼成"too menny",道出裘德在基督寺无名的原因:古建筑修复主义只允许裘德像一部机器一样重复修缮大教堂,却永远不会给他超越门第的机会,让他用基督寺的知识滋养心灵。小时光老人的冷酷并非来自心灵,而是形而上的。他具有哥特色彩的杀亲一幕,表达出哈代对古建筑修复的焦虑——让哈代忧心忡忡的,是古建筑修复主义对人的物化。

哈代的担忧还投射到裘德和淑的爱情结局中。以胜利者姿态席卷小说各个角落的古建筑修复主义,间接毁掉了裘德和淑的婚姻,酿成《无名的裘德》的最大悲剧。裘德和淑在圣西拉教堂的地方性体验,把哈代的浪漫主义反讽延伸到古建筑修复主义的仪式观上面。

三、在圣西拉教堂

小时光老人杀亲后,淑从前卫的自由思想者转变为正统的高教会派信徒。淑认为,她之所以受到丧子惩罚,一方面是因为她和裘德都抛弃了和别人的婚约,另一方面是因为她和裘德的结合缺乏一纸婚约。和裘德的结合亵渎了婚姻在仪式上的神圣感,淑想要通过重建和裘德老师菲洛特桑的婚姻来赎罪——即便她根本不爱后者。同古建筑修复主义一样,淑的复婚仪式是复制行为。再婚仪式的选址正是小说中多次提到的"注重仪式的圣西拉教堂"。(《无》:101)对仪式的注重为圣西拉教堂(St. Silas)添上浓厚的礼仪主义(Ritualism)色彩,后者正是在牛津运动衰落后,试图延续古建筑修复主义香火的那股力量。对中世纪教堂的修复是酝酿怀古荣耀感的编码行为,哥特式美学与宗教的虔敬感通过这一编码具象化。也正因于此,哥特建筑复兴不但和教堂本身的修复联系在一起，也同教堂的礼拜仪式联系在一起。

古建筑修复主义的先锋奥古斯特·普金皈依罗马天主教会后，希望通过对中世纪教堂的修复，进一步赢得罗马天主教在英国的地位。在 1836 到 1852 年间，普金发表大量短文，内容涉及到从教堂建筑到礼拜音乐的方方面面。普金的工作得到当时几个权贵的倾力支持。在教堂的内部装饰上，普金强调哥特风格需为教会权威性服务。新古典主义派强调教堂的圣餐桌是点着灯，而且开放的——这样一来会众就可以和牧师靠得更近。而普金主张的哥特式教堂，则有一个很长的圣坛屏（chancel screen），让会众无法看到弥撒过程。圣坛屏把大众粗野的凝视排斥在外，保护了授圣职礼的神秘性以及圣餐的圣洁性。（See Purcell：243）对仪式的推崇建立在对古建筑文化记忆的损毁上。1847 年，在教堂建筑协会的年会上，会员们投票表决通过一项决议：在古建筑修复活动中，为了保证最纯正的哥特式风格和教堂的仪式功能，古建筑的原初风格可以丢弃。（See Clark：249）小说中圣西拉教堂残存的古代痕迹，喻示了教堂建筑协会的旗开得胜，也见证了裴德和淑的分崩离析："周围一切都是新的，只有几件从拆除的旧教堂里保存下来的雕刻品，安装在了新砌的墙壁上。他（笔者注：指裴德）就站在这些旧雕刻品旁边，它们似乎与此地他和淑已死去的祖先同属一族似的。"（《无》：451）

淑对圣西拉教堂的皈依，强化了哈代对古建筑修复主义的浪漫主义反讽。刚到基督寺时，裴德经常跟着圣器店老板丰特奥韦小姐去圣西拉教堂做礼拜。丧子悲剧让裴德觉醒，他与圣西拉教堂渐行渐远。淑反其道而行之。刚刚失去所有孩子后，裴德和淑搬到新房子，那里"离讲究礼仪的圣西拉教堂不远"。（《无》：396）和淑分手后，裴德搬到基督寺郊区，"远远离开了他先前住的圣西拉教堂"。（《无》：430）淑反而频繁到这座教堂做礼拜。在他们在基督寺的最后一次会面中，裴德闻到淑身上有"一股无法形容的奇怪气味和气氛"。

《《无》:399)国教牧师在圣餐礼中穿戴圣衣,圣坛侍者佩戴装饰并手握蜡烛和十字架,在礼拜中点香——对这些非英国国教礼仪的复兴,都是牛津运动留给礼仪派(Ritualist)的痕迹。(See Walsh:46)裘德发现淑卧倒在圣西拉教堂的石头上,他还注意到巨大的、和设计原型一样大的拉丁十字架高悬在空中,上面还镶着一些宝石——拉丁十字架正是教堂建筑协会制造的工艺品。(See Herring:93)

　　仪式本身,就是维系历史连续性的叙述行为。在《建筑七灯》中,约翰·罗斯金说,历史建筑的意义在于它们"记录了其制造者和使用者所珍爱并统辖着的印记"。(Ruskin 1903:225)在《水晶宫的开幕》一文中,罗斯金还说,"无论是帝王、女王还是王国,都无法把过去人们被时光流沙洗刷掉的足迹再次印刻出来,也无法把承载着祖先精神的、布满尘土的石头再次聚集起来"。(Ruskin 1903:432)古教堂独一无二的历史性和文化意义,通过人们在其中进行的仪式维系。正如建筑理论学者伯纳德·祖楚米说的那样:"仪式暗示了空间和事件之间几近冰冻状态的关系……一旦人开始思考习俗和空间之间的张力,就没有哪片知识可以逃得过。"(Tschumi:162)

　　对于教堂,哈代更关注的是建筑与人及人文主义的关系,他并不想把古建筑的意义局限在宗教的格局中。哈代的历史连续性超越宗教范畴,而古建筑修复主义的仪式观摧毁了历史连续性。后者把历史想象成附着在建筑上的赘生物,解决它们的办法就是彻底将其清除,以便让古代教堂适合于当下的仪式活动。哈代支持的古建筑保护主义认为,历史的印记镌刻在建筑之中,而不是附着在建筑表面。正因于此,威廉·莫里斯在 1877 年创立的古建筑保护协会又称"反刮协会"(Anti-Scraped Society)。(See Pevsner:4)

　　哈代认为,对古建筑的修复"刮"去了根植在空间中的历史记忆和文化传统,这点在小说中重刻教堂"十诫"牌匾一幕得到戏剧化呈现。裘德和淑离开基督寺后,在奥尔德布里克汉附近乡下的小教堂做重刻《十诫》的活儿。对于这种艺术性不强、只需小范围修整的工作,淑并不反对。"她内心是反对作大规模修复的,那太让人厌恶了"。(《无》:345)"那个《十诫》的匾额威严地凌驾于基督教的圣器之上,成了圣坛那一端主要的装饰物,具有上个世纪那种质朴无华的杰出风格"。(《无》:345)修复大教堂的同时,裘德和淑的感情生活遭到乡人非议:这对有伤风化的情人做的修复活儿,会像传说中说的那样,把教堂里的《十诫》牌匾中的"不"字全部去掉,让体面的人都不愿再去这个教堂做礼拜。(参见《无》:348)

在重刻《十诫》这一幕,仪式漂移出原真的(authentic)心灵体验之外,成为空有其表的外壳。淑的两次婚礼仪式强化了这一论断。淑和菲洛特桑初婚的仪式设置在圣托马斯教堂。淑想让裘德充当婚礼上把她交给新郎的已婚亲戚。她和裘德在圣托马斯教堂别出心裁预演了一次婚礼仪式。淑从未做过这样的事,她因此兴奋不已,好像她和裘德真的在举行婚礼一样。由于有了这次仪式彩排,淑的真正婚礼就变成复制品。在真正的婚礼开始后,"裘德发现他和她先前来的那一次无疑已使这个仪式显得不那么令人兴奋了。"(《无》:194)值得玩味的是,哈代在小说中保留了圣托马斯教堂的真实名字——真实存在于索尔兹伯里的圣托马斯大教堂(St. Thomas à Becket),而圣西拉教堂却成为其原型——于1869年由激进的牛津运动成员托马斯·科比修复的著名的圣巴拿巴斯教堂(St. Barnabas, Pimlico, London)——的复制品。

淑和菲洛特桑的第二次婚礼,在马里格林被修复的新哥特式教堂举行。自从旧教堂被拆除后,淑再也没有到马里格林住过。她心事重重,一心只想把婚礼快点办了。对婚姻,她全无期待,神情恍惚中她还问了菲洛特桑一句"教堂在哪里",看到刚刚送来的结婚证,淑"竟吓得大叫了出来"。(《无》:428)哈代的叙述人甚至说,这场婚礼"真像是他们先前自身的幽灵,在同样的情景下重复着婚礼一般"。(《无》:429)淑复制的婚礼仪式暗合了古建筑修复主义最根本的悖论:古教堂提供了情感真实流露的可能,并且给奇思妙想留出足够空

间;而新修复的教堂强迫主人公逢场作戏,进行仪式性表演。(See Canon:212)

小说中的婚礼复制仪式和哈代对礼仪主义的态度形成互文。在修复圣朱利奥特教堂(St. Juliot Church)时,哈代邂逅了日后的妻子艾玛·吉弗德。哈代参与的对这座教堂的修复,是对教堂材料和格局的整体替换,而非仅仅是"修复"。这背离了哈代的初衷,大大限制了哈代的创造力,也摧毁了哈代付诸教堂的文化记忆与浪漫主义情结。对这座教堂的修复是哈代全程参与的最后一个教堂修复项目。1872年以后,虽然哈代仍对教堂设计和修复给出建议,他已经不是专业教堂建筑师。(See Jedrzejewski:61)在日后的自传中第一次提及这座教堂时,哈代引用了妻子艾玛的话:

> 这个教区穷困不堪。教堂历史悠久,却因缺乏经费而年久失修。赞助人远在国外。相较之时下频繁去教堂做礼拜的世风,这里门庭冷落。星期天来做礼拜的会众并不多,在晚上和下午则更少。平日里没有组织礼拜。教堂塔楼一年比一年开裂,大钟只在狭小的北袖廊才有(出于安全考虑他们把钟移到这里)。有雕花的长凳越发腐坏,常春藤快乐地悬挂在屋顶的木材上,鸟儿和蝙蝠在那儿了无忧愁。似乎也没人介意。(E L. Hardy 1984:71)

在艾玛眼中,破败不堪的教堂赋予了哥特式的如画美。从这座教堂凝视出的浪漫主义气息,和古建筑修复主义讲求的科学和技术形成张力。艾玛对于"鲜有会众到此做礼拜"这一情况的积极肯定,隐约反讽了当时在英格兰如火如荼展开的礼仪主义。

《无名的裘德》中空有其表的仪式暗示了微妙的阶级变迁。由牛津运动推动的教堂修复和礼拜仪式改革,在地方面临着农场主和商人的激烈对抗。可以这样说,牛津运动之所以失败,除去因对教义理解的分歧带来的敌意外,经济是另一个主因。牛津运动者希望教区在有庆典活动时商店关门歇业,这样会众去礼拜的时间会增加,在救济金的问题上也会更宽容。在自然经济主导的父权制乡土共同体让位于工业资本主义的时代,牛津运动者的期望必然遭遇反抗。虽然有些牛津运动者在新兴资本主义伦理面前抄了近路,也在试图渐进式地推行改革,但是教堂被新修复的装饰,以及修正过的礼拜仪式,都凸显出他们与新兴资本主义经济法则的对立。(See Briscoe,Mackay:116)与其说牛津运动以及古建筑修复主义冒犯了传统,不如说冒犯的是和传统主义联姻的某些地方集团。

结　语

从裘德童年故里和变迁和小时光老人对基督寺的厌恶中,可以管窥到19世纪英国的古建筑修复与古建筑保护的趣味之争——贵族阶级与中产阶级以地方为场域展开的文化领导权角逐。古建筑修复主义试图通过运作现代性逻辑同新世界对接。哈代的古建筑保护主义,则试图用浪漫主义策略,想象以古建筑为载体的"传统"。这一"传统"是古建筑修复主义现代性谱系里的"他者",裘德的无名印证了这点。无论在马里格林,还是在基督寺,或者是在圣西拉教堂,裘德的地方性体验都可以用《无名的裘德》英文标题中的"obscure"来诠释——他不属于任何地方,这些地方也不属于他。总而言之,所有地方都不是他的地方。裘德和他的无名,在以现代性对立面的方式为现代性事业添砖加瓦。古建筑修复主义与古建筑保护主义是19世纪英国形塑工业化民族国家的"同谋"。

然而,功亏一篑的一方,真的是古建筑保护主义吗？小说中虚有其表的婚礼仪式说明了一些问题。有关19世纪英国建筑保护的国有化,以及建筑师的职业化同样发人深思。1834年成立的建筑师学会①(The Association of British Architects)，在 1866 年被女王授予皇家称号，后来成为英国组织建筑师职业活动的法定团体；这一期间英国还创办了在世界范围产生影响的专业杂志《建筑评论》(*Architecture Review*)；1847 年联合建筑学院（Architectural Association)成立，建筑学院取消师徒制，像乔治·吉尔伯特·斯科特这样的著名独立建筑师，得以在皇家学院任教；19 世纪早期，英国教堂修复大多是私人出资，并没有官方组织为此负责，对历史古迹的保护也没有正式提到政府议事，因此也没有相应的法律文件出台。1841 年，在乔治·吉尔伯特·斯科特的助力下，英国建筑师学会成立了分支——古物咨询机构（Antiquarian Commission)；1865 年，英国政府出台了《古迹和遗存保护草案》(Conservation of Ancient Monuments and Remains)；1875 年，以照片记录老伦敦的社会团体(Foundation of the Society for Photographing Relics of Old London)出现；1877 年，威廉·莫里斯和代表中世纪质朴风格的红屋(Red House)设计者菲利普·韦伯、约翰·罗斯金等知识界精英一道，建立了英国第一个民间古迹保护组织古建筑保护协会；1880 年，伦敦地形学协会(London Topographical Society)成立，出版了大量历史地图册，以期还原城市发展的轨迹。在大批民间保护运动的推动下，英国政府在 1882 年通过了《古迹保护法》(*Ancient Monuments Act*)；1895 年，三位大慈善家发起"国家信托"(The National Trust)；1907 年，英国议会授予"国家信托"特别权力，管理全国的乡村、海岸线以及珍贵历史古迹。国家信托是公信度最高的英国遗产保护组织。在 19 世纪下半叶，古建筑保护成为国家、民间和建筑师的共同使命。(参见朱晓明：25)

　　古建筑保护主义释放出一个并不过时的追问：应该以何种方式

---

① 作为建筑师的哈代获得过两项大奖，其中一项便是 1863 年获得的该学会银奖。(See *Thomas Hardy, Conservation Architect*, p. 4.)

处理时空与身体的关系？正如大卫·哈维所说，"身体不是单一主体，它无法在文化、话语和表征中自由活动……身体是政治、经济等综合构型的物化形式"。（Harvey：112）空间是承载身体的场所，地方记忆在空间中得以展现。"空间不仅是历史活动的背景，还是导致变革的决定因素……空间给我们提供一个寻找意义的途径"。（Bodenhamer：11）在《无名的裴德》重塑的"传统"中，裴德的身体与生活场所发生千丝万缕的交集，文化记忆被积极安置于时空中，社会生活和地理背景共存。空间由此赋予了人文主义品质，成为具有"行动"（action）和"意义"（meaning）的世界。（See Soja：17）空间和地方通过古建筑与人的联结形成网络，不断建构出独具特性的文化意义，凸显着无法替代的人文价值。

　　古建筑保护主义珍视的以古建筑为载体的地方，"将人们的经验和期待具象化。地方不仅在更大的空间范畴中阐释事实，它还让给它赋予意义的那些人，可以从自身的角度出发理解现实，使现实澄明化"。（Tuan 1979：387）在哈代看来，历史不仅仅是线性的时间问题，还涉及到置于空间中的意义再生问题。裴德生活中被重建的古建筑总是指向历史的，它们是关于"过去"的生命记忆。古建筑营造的空间，本质上是意义的产物，它连接过去与现在，真实与想象，生活与信念。因此，"对历史遗迹的每一次认知活动，都会改变历史本身。人们对文物古迹的欣赏和保护会改变它们的出场方式，装修与仿造就更不待言了"。（Lowenthal：263）"建筑和它们所处的环境之所以重要，在于它们所讲述的故事、所建立的联系，在于它们给予的'我们是谁''我们从而何来'的追问。"（Smith：201）但文化精英展开的复古运动经常会在社会身份建构上产生紧张（tension）。当地人时常面临这样的困惑：这是**我**的房子还是**我们的**纪念性建筑？另一方面，虽然地方的土地所有者会沿用官方给出的对"传统"的定义，在生活世界却并不一定认同这一版本的"传统"及其修辞格。19世纪的古建筑修复运动试图将中世纪教堂重新写入现代性谱系，进而构建出具有普世意义的公共记忆方式。这场美学运动在生活世界建构出的"纪念碑时间"（Monumental time）喻示官方的、大写的、同质（homogeneous）的文化，这一时间类型试图复制、替换、掩盖民间生活世界的"社会时间"（social time）。[①] 哈代的古建筑保护立场，顺应的则是后一种时间。在古建筑保护与建筑修复的进退之间，《无名的裘德》留给后人无尽思索。

---

① 关于"纪念碑时间"和"社会时间"的论述参见 Michael Herzfeld, *A Place in history*: *social and monumental time in a Cretan town*, Princeton：Priceton University Press, 1991, p. 10。

第五章 成为绅士的十三次战斗：评《汤姆·布朗的求学时代》

让我们把视线从小时光老人拉回到小绅士这个群体。19 世纪中叶，托马斯·休斯（Thomas Hughes，1822—1896）创作了代表作《汤姆·布朗的求学时代》（*Tom Brown's Schooldays*，1857）。小说中的十三次各种形式的战斗情节印证了拉格比公学（Rugby）的男孩们蜕变成绅士的过程。在 19 世纪的英国小说中，汤姆·布朗是另类的，这样说是因为这一时期小说中的儿童鲜有准绅士形象。通过对汤姆·布朗的塑造，休斯对完美绅士进行了重塑。

一、《汤姆·布朗的求学时代》与校园小说

《汤姆·布朗的求学时代》是一部校园题材小说，但在过往的相关研究史中，这部小说却没有得到充分关注。但是学术界的相关成果有助于我们进入对这部小说的分析。王真真认为，第一代校园小说作家展现出现代主义与后现代主义的思想，倾向于批判现实传统；第二代小说家对于各种"主义"闭口不谈。王真真赞同阿里斯德·富勒（Alistair Fowler）的题材理论：当我们将一个作品归到一个题材的时候，这个作品并不一定具备这个题材其他作品的任何特征。每当一个新的作品加入新的题材，这个题材就会得到新的特点。王真真

在比较了《幸运的吉姆》(*Lucky Jim*，1954)、《历史人物》(*The History Man*，1975)和《小世界》(*Small World*，1984)的异同后得出结论：二战前的第一代英国校园小说通常设定在真实校园——牛津、剑桥，而战后则转移到虚构的学校。这不仅是对传统的反抗，也体现出建立另一种题材的决心；其次，小说主角也从在校学生转变到学校教授。在第二代校园小说作家的作品中，学者变成了被嘲笑与讽刺的对象；最后，早期校园小说中只会讽刺学者，而战后小说开始对学者进行批判。(参见王真真 2008:25)王菊丽也认为，英国校园小说表现对象的转移和题材演变随时间同时进行。二战前与战后的英国校园小说在题材上产生重大转变。王菊丽称战后英国校园小说为"学者小说"或"文人小说"。她认为最早的英国校园小说拥有的重复性与可辨性激起了一些作者的挑战。二战之后，英国校园小说的背景由真实转为虚拟，这种转换实则与当时非贵族阶层接受大学教育有关，代表了新的价值观念。王菊丽举出了《吃人是错误的》(*Eating people is wrong*，1959)、《历史人物》(*History Man*，1975)和《小世界》(*Small World*，1984)等著作来证明该时期校园小说显现的道德批判性，从而验证了英国校园小说实现的由题材至体裁上的变异。(参见王菊丽 2006:67–79)二战前后英国校园小说确实有一定差异，但其实早在休斯的《汤姆·布朗的求学时代》中，就已经展现出了一定的社会批判性，作者隐晦地将批判包含在了主角的成长过程中，通过各种形式的战斗匡正原本错误的绅士观。

派瑞克(Patrick A. Dunae)在参考了伊萨贝尔·克雷(Isabel Quigly)的《汤姆·布朗的继承者》(*The Heirs of Tom Brown*，1982)后认为，尽管吉卜林的小说不同于上一代具有传奇特色的汤姆·布朗系列，他的小说却属于汤姆·布朗系列的衍生。史塔克系列(Stalky&Co)和上一代英国校园小说一样，看中的是性格塑造("character-building exercise")。派瑞克提到托马斯·休斯说过的一句话：几乎没有人意识到这类小说其实并非为了娱乐，而是为了让男孩们成为可以正确思考的男子汉。同样的，写女校的小说也是这样的目的。这足以证明吉卜林的史塔克系列尽管超越了传统的小说题材，它的某些部分依然遵循着汤姆·布朗系列的形式。（参见Dunae 1985：566 - 568）左尔（Zohreh T. Sullivan）举出了王尔德、詹姆斯、艾略特对于吉卜林的高度评价。吉卜林对印度的了解已经到了一个非常深入的地步，他的作品旨在细腻而真实地揭露，而非基于幻想。左尔认为吉卜林的校园题材可以拓展到《丛林故事》——从中孩子们知道他们心中关于责任、义务、规约的准则。（参见 Sullivan 1989：951 - 953）

　　王菊丽认为，大卫·洛奇（David Lodge）采用了若干方式来实现"校园三部曲"中空间形式与时间形式的交融，具体手段有：以两个主角、两条故事线索进行叙述；文本的首尾相接，使得原本似乎不完善的文本成为整体；重复并且频繁地在两个角色间并排切换；通过切换两个不同角色，形成了推迟的、连续的叙述，以此淡化时间观念。（参见王菊丽 2005：67 - 69）除此之外，她还提出《汤姆·布朗的求学时代》有增强喜剧效果的二元对立，这点也被后人吸取。刘凌妍认为，英国校园小说是"通常具有喜剧性和讽刺性的小说，其场景设定在封闭的大学校园（或类似的学术场所），突出学界生活的昏昧"；在上述三个方面大卫·洛奇增加了校园三部曲的戏剧性：《换位》（*Changing Place*，1975）的副标题"双校记"与狄更斯的《双城记》（*A Tale of Two Cities*，1859）构成互文；《换位》与《小世界》（*Small World*，1984）人物上的二元对立构成互文。（参见刘凌妍 2012：67）李静认为，弗莱（Northrop Frye）通过他的《批评的剖析》（*Anatomy of Criticism*，1957）区分了浪漫主义与现实主义主题上的区别。李静在此前提上分析了《幸运的吉姆》（*Lucky Jim*，1954）、《小世界》（*Small World*，1984）、《吃人是不对的》（*Eating People Is Wrong*，1959），并认为吉姆（Jim Dixon）是在金斯利·艾米斯（Kingsley Amis）笔下的一个普通助教。他来自社会底层，并且整日想着如何出人头地。而最终吉姆是通过联姻的方式到达了社会顶层并且取得财富和权利。李静认为抛开吉姆略有浪漫主义色彩的爱情不谈，吉姆是一个典型的现实主义角色。同时李静认为在《吃人是不对的》中的角色崔西教授（Professor Treece）具有扁平化的形象。这个角色不断执着于寻找什么是错误的。因此带有浓厚的浪漫主义色彩。而在《小世界》中，具有浪漫主义精神的佩斯（Persse）疯狂追求一位美丽女士，另一方面，又有两个追逐名利的教授与之竞争。戴维·洛奇结合了浪漫主义与现实主义两种截然不同的角色选择，构成了作品的二元结构。（See Li Jing 2008：30）

克拉克（Beverly Lyon Clark）认为虽然《小人》（*Little Man*，1871）的作者奥科特（Louisa May Alcott）是一名女性，但她通过挖掘曾经被教条传统抑制的柔弱女性气质（femininity），以及从一个女性的角度来描写男孩的学校，使校园故事被一定程度上家庭化（domesticate）。奥科特把家庭、学校，以及整个世界结合，由此展现出了英国与美国学校文学传统的不同，以及真实学校与创造出的学校题材的不同。她反对其他校园小说中的性别歧视、教学模式和帝国主义倾向。同时克拉克也认为，奥科特也揭露了隐藏的社会真相。在《小人》最后，有一章描述感恩节，奥科特指出了过去的人是怎样为自己设立道德标准来逃过杀人的良心谴责，使他们感到自己是正义的，并把当今的女人与印第安人作类比，暗示了女权所受到的迫害。（See Clark 1995：323 - 342）而在《汤姆·布朗的求学时代》中，女性所扮演的往往是为男性服务的角色，通篇对学校的描述中没有任何女性是处于知识阶层的，书内出现的女性角色是看护（nurse），宿舍管理（house keeper）以及做小点心的厨师（baker），这些都反映出休斯的时代性。

上述研究忽略了《汤姆·布朗的求学时代》对绅士精神的探寻。本章拟从绅士观的塑造这方面解读这部校园小说。根据管南异的观点，"绅士"这个单词的概念在历史上一直在变化。绅士从最开始"原是与骑士为核心的军事土地贵族密切相连的一个概念"，到 13 世纪时意味着"热情、力量、勇气和能力于一体的忠诚与勇武"。到 15 世纪末，商人的利益与先前绅士概念产生矛盾，于是传统绅士的概念被工商阶级改变，成了一种漫无目的热情与忠诚。18 世纪的绅士核心观念演变为一种理智、公正、务实的精神。到了 19 世纪末，绅士概念衍生成了个人成就。绅士概念的模糊化使人难以辨识真正的绅士意味着什么。管南异提到了《公爵的子嗣》（*The Duke's children*，1880），他认为特罗洛普（Anthony Trollope）通过这部小说在不近人情的工业文明中唤醒代表公平客观的绅士精神。（参见管南异 2004：68 - 73）

休斯创作《汤姆·布朗的求学时代》时，正值 19 世纪中叶。几乎同时期的福特（Ford Madox Ford）在《好兵》（*The Good Soldier*，1915）中描绘了一个与时代格格不入的绅士爱德华·阿什伯纳姆. 这个形象就像固守陈规的老头一样，不切实际地遵循着传统意义上的绅士礼仪。当时的时代背景已经淡化了绅士的定义，而对于爱德华来说，他所做的一切在他周围人看来都十分可笑。可以说这是一个充满了讽刺的角色，一定程度上反映了当时传统绅士精神的丢失。（参见 Ford 1915：6）同时，特罗洛普在《公爵的子嗣》中展示了 19 世纪末人们对于绅士概念的曲解。那是一个人人皆可为绅士，但是没人可以真正说出绅士究竟是什么的年代。传统意义上所崇尚的勇敢、激情与忠诚已经被分离出绅士的定义。（参见 Trollope 1880：125）《好兵》与《公爵的子嗣》恰到好处地表现出 19 世纪绅士观的迷失和淡化。所以当时休斯所重塑的是早已模糊不堪的绅士观。

绅士观的模糊影射了英格兰共同体的失序。殷企平认为，在维多利亚时期，不同社会阶层的人对于英格兰共同体的想法是不一样的。所以当时的英格兰共同体也只是一种表面上的共同体，实质上变成了一种"多重英格兰"。（参见殷企平 2010：110）狄更斯在《荒凉山庄》（*Bleak House*，1852）中通过重塑"绅士"形象，映射了理想共同体。在维多利亚时期，"绅士"观已经成为了社会的一种标志，但对于其内涵则众说纷纭。传统绅士观念意味着拥有高贵出身，但狄更斯笔下的绅士艾伦则出身卑微。他投身于救助贫困，贯彻帮助他人的美好品质。艾伦代表了狄更斯对传统绅士元素的延伸。而另两个"绅士"则很虚伪，一个举止优雅却薄情无义；一个有绅士风度却一辈子碌碌无为，靠着自己的妻子来支撑家庭。狄更斯通过对他们的描绘否定了当时的一些虚伪的绅士观念，并且重塑了一种不同于传统绅士的新绅士观念。与狄更斯一样，休斯在一个"多重英格兰"的背景下，也对绅士观进行了深入的挖掘。

在下面的小节中，笔者借鉴了福特在《好兵》中的策略，提出 19 世纪末绅士文化的迷失。主人公汤姆·布朗善良、勇敢、好战的性格和他从小所处的环境是有密切关系的。下文会阐述"好战"背后所隐含的更深层次的隐喻——工业文明带来绅士精神的衰败。全书中汤姆·布朗经历的十三次各种形式的战斗，也预示着汤姆的绅士之魂的觉醒。

二、19 世纪英国公学传统

休斯笔下的拉各比公学（Rugby）是 19 世纪英国绅士教育的详实写照。在他四年级的时候，汤姆发现自己在下半学年开始，和编号在前面的四十个男孩一样，要进入低年级中最大的年级。所有九到十五岁的年轻绅士们都齐聚在这里，他们将自己的一部分精力贡献给了拉丁语和希腊语的书，包括李维的书、维吉尔的《牧歌集》，和欧里庇得斯的作品，这成为了他们日常生活中的一部分。四年级的整个过程是糟糕的，它伴随着繁重的学业，构成了校园生活最不幸的部分。这里禁锢了许多不能自由、独立掌控自己生活的傻孩子，在学校里至少有三个穿着燕尾服、抬着下巴的、让人不快的导师。老师和年级主任努力将这些孩子送到高年级，但是这些导师恰好抵制这种善意的推动。对于年级的分类来说,除了最淘气和鲁莽的十一二岁的英国少年之外,剩下的还有九十岁的神童,他们以半年一升的速度在这个学校成长,所有男孩的双手和智慧都会给他们带来进步。

随着学校越来越大,男孩们迅速成长,灵活的分组计划搁浅了。新建筑和新的教室也在建造。当一个男孩来到学校,他必须接受校长考核后才会被安排到在适当的年级;当他准备好了,可以通过考试进入下一个年级。随着招生压力增大,大多数学校提出将入学年龄升高到13岁。私立预备学校接收年轻的男孩,让他们准备好公立学校的入学。大多数预备学校很小,他们的学生公寓由一个已婚的主人和他的妻子监督。在大多数的公立学校,年轻的男孩睡在长长的、开放的宿舍里。年纪大一点的男孩可以住在带火炉的私人房间里,在那里他们可以烤面包或煮小吃来补充相对简单的饭食。通常大一点的男孩会选择一个新生做跑腿(fig)和做家务;同时老生(至少在理论上)为新来的孩子提供友谊和指导。这个年轻的男孩被叫做老男孩的奴仆。学校的男生在课堂以外基本上是自治。

拉格比公学的奠基人托马斯·阿诺德(Thomas Arnold,1795—1842)的教育理想是培养基督教绅士,培养他们成为日后议会、教会的专业人士或军事领导人。他开发了一个等级系统,老生们学习如何培养领导力。根据这个制度,寄宿生是分开住宿的。17和19岁之间的男孩,到了五到六年级,被任命为长官。他们负责纪律、体育和监督年轻男孩。每个宿舍的舍长和学校的校领导都是资格最老的男童。智慧并不是真正重要的东西,当男孩在19岁那年离开学校的时候,如果他掌握了作为军官或殖民地管理员的管理和领导技能,就意味着他学业有成了。对于一群"禁锢"在学校好几个月的、正处于青春期的孩子来说,狂野的户外运动一直是消耗精力必不可少的环节。在19世纪,体育伦理文化就扎下了根基。学校建立了新的比赛场地,并成立讨论会来商议规则,使他们能够在学校与学校之间、同一学校的不同宿舍之间组织比赛。游戏被视为必不可少的、形成健康的身体和男子汉性格的方式，它促进团队精神，培养忠诚、服从的品格。纪律通过体罚执行。不仅是教师，就连级长也可以执行鞭刑——当这些男孩违反规则或表现卑劣时。男孩们必须知道一位绅士应有的行为。大多数从公学毕业的孩子们没有去上大学，而是直接进入一些公共服务机构，或成为贵族或绅士，开始稳定的生活。绅士，由这个词的最严格的意义上来说，并不需要谋生。科学、历史、英语文学，现代外语这些科目都是需要学习的。宗教在几乎所有的学校仍然是中心。到 19 世纪末，公学已经产生出易于识别的"老男孩"标签——贵族和绅士，其中中上阶层和成功商人的儿子是分离出来的精英。（参见 Mitchell：170 - 174）

公学还培养公民道德。维多利亚时期的公民道德被认为应该体现在绅士的身上，具体而言有三个方面：自我拯救、职责与自制、体面。自我拯救涉及到劳动与工作，提倡通过勤劳的双手和聪明的头脑创造财富，增长智慧和发家致富。维多利亚时期认为贫穷是不幸的，但它可以通过自救，唤起一个人与世界抗争的力量。这种自救的能力也与工业精神、创业精神互相渗透。自救是企业成功的秘诀，也是艺术、科学，乃至生活中的各种成功的秘诀。具有经验主义哲学传统的英国社会非常重视实践，认为一定要自己去实践，在实践中完成自救。

在公学中，跟福音派有关的价值观促进了工业精神的生长，提高了中产阶级的地位。虽然努力工作、简朴节约和克己忘我能带来经济上的回报，但大多数信福音主义者相信，让一个人仅仅为了变得富有而奉献一生是错误的。在道德上，努力工作是好的，如果这样能带来财富，是对这个人德行最合适的褒奖。崇尚工作对商业来说是非常有用的。"办公室会粘贴上'只可谈论生意'的标语，因为没有无业担保或是失业补偿，不论是哪一层级的员工都害怕被扫地出门。人们忍受恶劣的工作环境，只为了不被人取代，并且他们对这种稳定的工作有一种道德上的成就感。在 19 世纪 60 年代，英国技工因为他

们的专业和敬业精神被世界尊重。工作的道德价值现已扩大"。（同上：261）

　　与自我拯救密切相关的道德标准还有职责与自制，首当其冲的就是把生命中的大部分时间都用来工作，将"变得有用"视作自己的职责。几乎大多数年轻人对工作都有不喜欢的地方，自制力会帮助他们完成应当完成的分内事。年轻人如果获得自制力，就会出于责任感逼迫自己完成本身不乐意做的事。在绅士和贵族们之间，悠闲的生活也不被大范围提倡。19世纪的理想生活状态的一个关键词并非悠闲，而是体面。体面是维多利亚时代另一个口号。它是区别社会地位的首要因素，通常比阶级划分更重要。尤其是在穷人和中下阶层中，体面是一种维护自尊和名誉的方法。体面没有绝对的定义。对那些不信奉国教的人来说，跳舞、打牌、看戏都不体面。那些珍惜自己名誉、想显得体面的年轻人从不在街上吃东西，穿亮闪闪的衣物，大声讲话或是用各种手段来引起注意。一个体面的家族穿戴整洁，房间整理干净并且待人彬彬有礼。家庭成员要纯真、节制并且诚实。"一个富裕的男子如果欠债不还或是包养情人就再也不会有体面这一说了，跟他同一阶级的人也再也不会邀请他到家中。体面和独立的概念紧紧关联，这就要求人们要自我管理并且毫不抱怨地承受苦难。因为独自默默承受苦难是一种美德，如果不得不寻求捐助或是接受可怜的资助，这会成为一种耻辱。"（同上：265）

　　在休斯的时代，理想绅士被看作真善美的化身。到了19世纪，英国人普遍认为地主阶级出身的人都是绅士。此外，英格兰的神职人员、大律师、国会议员和军方官员也都被认为是绅士。由于进入一个职位需要赞助，一个男人的绅士地位由他的赞助人所决定。出身并不意味着全部，绅士风度是一种义务，但不一定是自然的遗产。一个绅士——

　　　　他对待害羞是温柔的，对待距离是绅士的，对待荒诞也显得仁慈，他能记得他和谁说过话，他防范不合理的典故，或者引起刺激的话题。他很少在谈话中表现得很突出，也几乎不厌烦。除了被强迫的时候，他不会说他自己，从不通过反驳来为自己辩护，他不听流言和诽谤。他从不吝啬或在意对他的争执，从不攫取不公平手段获得的优势，从不犯个人主义错误，从不为了争议而说出尖锐性的话语，或影射他不敢说的邪恶。从长远的眼光考虑，他观察到古代圣人的格言，我们应该通过我们的敌人指导我们自己，好让他们有一天会变成我们的朋友。他有太多的理智会被冒犯和侮辱，他很容易记住受伤的地方，太懒惰以至于无法承担恶意。在哲学原理上他是耐心的，宽容的和服从的。他服从痛苦，因为它是不可避免的。优雅的忍受和小心翼翼的改正着装不能让一个人变成绅士。夸张的行为是被鄙视的，在维多利亚时代关于绅士的核心定义是一种无私的概念。君子意味着智力上和道德上的独立，他应该在乎除了钱财以外的其他东西。他不会考虑做这件事会花费他多大的财力，而是在乎做出正确的选择。不论是地主、国会议员、公务员，还是一个县长，他都把集体利益放在个人的利益之上。（同上：270 - 271）

在休斯看来，机械文明让理想的绅士传统迷失了，主人公汤姆通过在拉各比的数次各种形式的战斗，克服了自身和时代，最终获得觉醒、蜕变，在毕业时成为真正的绅士。这一历程无疑是休斯文化批评的集中表现。

三、汤姆的数次"战斗"

汤姆·布朗通过"战斗"变为绅士，但其实从小时候开始，汤姆就具备了一些休斯眼中绅士所需的品质。尽管早期的汤姆心态不够成熟，并不能称为一个完美的绅士，但汤姆的童年性格依然可以被概括为一个"原始绅士"或者"未开化绅士"。这也影射了 19 世纪中叶许多绅士形象:他们具备一定的品质,却并不圆满,他们在机械主义的侵蚀下如同孩子一样迷茫。

汤姆·布朗生在一个好战的富农家庭,如遇见不正确的事情,就会花费很大的代价将其纠正,哪怕希望渺茫。在这样一个勇敢又执着的家庭,汤姆从小就拥有调皮的性格,但同时又会施舍穷人以衣服与食物。汤姆的好斗性格是从小养成的,他的第一次战斗是与他保姆的战斗。在他还是个小男孩的时候,他就开始和他的保姆从早打到晚。每天当汤姆的保姆和她朋友交谈的时候,汤姆就会找机会逃走。有时候会逃到厨房找蛋糕和奶油吃。但当保姆追来的时候汤姆无法敌过强壮的保姆,因此每次保姆追他时,他都会逃到一堆软土上,软土足以承受他的重量,但成年人无法爬上去。尽管汤姆年纪还小,但是对于比他强大的敌人,他已经开始用他的智慧战斗了。

可以说汤姆从小衣食无忧,生性聪明并且怀着一颗善良的心。但是由于家庭精神的影响,汤姆骨子里就有着一种好战的精神,这奠定了汤姆长远的斗争方向,并且形成了好战男孩的雏形。在去拉格比的路上,父亲最后让汤姆记住一段话:"现在汤姆,我的孩子,记住在你将去的那所学校,你的年龄很小,学校很棒,你会看见很多不好的行为和言论,但永远不要害怕。你要诚实,保持一颗勇敢的心。永远不要说一些你妈妈不希望听见的话,如果你做得到,那你回家时也是光荣的"。(Hughes:62)很显然,对于一个孩子来说,第一次去特别远的地方上学,父母的嘱咐都是很重要的,汤姆也将父亲的话记在了心中。此时的汤姆依然是一个心智未熟的孩子,所以父亲的嘱咐能够对其性格的塑造产生影响。在汤姆的成长道路上,父亲的这段话始终是汤姆的道德标杆,哪怕这时候的汤姆还远谈不上是一个绅士,但他的父亲已经为他的绅士之路指出了一条光明的方向。

摔跤是汤姆人生中遇到的第二次战斗。汤姆在家里由一个女士给他上课,但是当他完成功课后,他就会去和伙伴们比试摔跤。汤姆有一个好朋友叫哈里。哈里和乔布是村里最好的摔跤手，但汤姆显然在摔跤上展现出了足够的天赋。在哈里的帮助下，汤姆学会了哈里的所有技巧，只有一招没学会。每次哈里用这招的时候汤姆总是被打败，汤姆做梦都想着破解这招的技巧，最终还是哈里告诉了汤姆破解的方法。之后汤姆就打败了一个又一个男孩，走上了领导者的位置。儿时的摔跤技巧也在汤姆之后的经历中扮演着较为重要的角色。从汤姆的课余活动中，可以看到他的好战性格，而他强壮的体格与他在家乡学习的摔跤技巧，也让他之后的战斗之路拥有了一些铺垫。摔跤其实也与汤姆最后一场身体上的战斗产生互文性——汤姆为了亚瑟而战的时候，正是运用了小时候学习的摔跤技巧获得了胜利。虽然汤姆几乎一直在打闹，但村中的男孩对他的离开感到不舍，这说明汤姆在男孩中十分受欢迎。

　　汤姆在八岁的时候，第一次离开了家乡。他前往他的第一所学校，这所学校由两个绅士照看，他们是这所学校的看护者，但他们其实并没有做很多工作，每天只是来听学生们背诵课文。所以这所学校的教学质量其实很低。甚至看管学校的两个门房都没有受过教育，两个门房并不是坏人，但他们并不对自己的工作感兴趣，只会偷懒。八岁的汤姆住在这所学校中自然十分想家，当汤姆往家里寄出他的第一封信的时候，也迎来了他的第三次战斗，也是他真正意义上进行斗争的战斗。汤姆给妈妈写了两页纸的信，但是粗心的学校看护者忘了给汤姆的信贴邮票，所以信被退回了。汤姆答应过母亲会给她写信，但是信却不会准时送达，想到母亲一天天的等信，汤姆就找了个角落开始大哭起来。

　　这时汤姆迎来了他的第三次战斗，就在汤姆因为担心妈妈的等待而哭泣的时候，另外两个孩子指着他的鼻子叫他哭鼻子鬼，于是汤姆打了其中一个男孩一拳。这个时候，汤姆战斗的动机也许不是非常正确，但是没有人能要求一个八岁的小男孩不为了他自己的正义而战。这是汤姆除打闹与摔跤之外第一次与人战斗，也是他战斗之路的第一步。他性格中的直率使他敢于伸出他的拳头。一名八岁的小男孩并没有很多心理活动,所以这一次战斗是顺着汤姆的初心而战。从此可以看出,这时的汤姆最缺乏的是判断力与自制力。这样一味的、没有方向的打斗与帝国主义所传递的文化十分相似,文中的描述也是休斯对当时机械文明和帝国主义的质疑——在当时绅士观受到这两种文化意识形态侵蚀的时候,休斯发出了他的呐喊。

　　小男孩的打闹总是短暂的,汤姆也没有过多悲伤。在给母亲寄出第二封信之后,汤姆再次变得高兴起来。但是学校的氛围不是很好,尽管学校的男孩们有很多娱乐活动,汤姆认为自己并不能适应这个学校,学校也不能适应他。他多次请求他父亲送他去公立学校,父亲看到学校早放假两个月,也对这个学校不太满意,因此决定把汤姆送到拉格比。当汤姆下了火车到达拉格比的时候,有一个叫做伊斯特的男孩和他打招呼。伊斯特告诉汤姆,他和汤姆来自同一个村庄。在热心的伊斯特的带领下,汤姆很快就融入了拉格比的校园生活。整个故事的情节多数发生在拉格比。拉格比对于汤姆·布朗来说是一个主要战场,就是在拉格比,汤姆通过战斗成长成一个真正的绅士。

　　汤姆与伊斯特经常犯错误。对于刚刚入学的汤姆来说,总会渴望参与学校中的各种游戏。《汤姆·布朗的求学时代》是一本帮助男孩确立正确价值观的小说,无论是确立正确价值观还是定义休斯心目中的绅士,都少不了试错。小男孩总是喜欢一些在大人看来十分荒诞的游戏,拉格比的男孩们也不例外。在男孩间流行一个叫做野兔追踪的游戏,汤姆与伊斯特加入了,但是他们太小了,很难追上大男孩们。在跑了三个多牧场之后他们的体力耗尽了,他们只能乘坐四轮大马车回学校。但是由于他们回校时间太晚,被门卫带去见博士了。在博士房间的门口,他们十分害怕,并且讨论了究竟谁先进门这个问题。当他们进门的时候,发现博士在制作一艘船,周围围绕着三四个孩子,屋内欢声笑语。博士询问了他们迟到的原因后,他们以为博士会让他们背诵拉丁文作为惩罚，但是出乎预料的是，博士只是询问了他们是否受伤，什么都没有追究。第一次与博士的私下接触，使汤姆认为博士是一个十分和善的人，这也是汤姆对博士直接接触的第一印象。

第一个学期结束后，汤姆被分配到了四年级，也到了他的叛逆期。原本他与伊斯特在老师心中有一个好名声，但是被他和伊斯特上课时在课桌下玩球给毁了。老布鲁克以及一些大男孩离开了学校，这对于学校宿舍是一个灾难。曾经的宿舍管制营造了团结而有序的环境，但现在管理宿舍的不是没有名声和能力的年轻男孩，就是一些有不良兴趣爱好的大男孩。由于没有良好的管制，宿舍分裂成小团体，五年级的男孩开始叫低年级男孩跑腿（fig）——尽管他们没有权力这么做。宿舍生活十分混乱。作者休斯对于这种情况建议道："现在是你一生中最能够改变善恶的时候，这是最需要你站出来为真理、道德战斗的时候。不要尝试去做一些多余的事情，做好你的本分并且帮助他人。你就会在学校中留下一个好名声。"（Hughes：117）

小说的情节还穿插有汤姆违反校规的一幕。汤姆与伊斯特虽然敢于向恶势力作斗争，但同时他们也很调皮，并且汤姆和伊斯特都处于一个难以管教的年龄。学校和一个绅士共享一条小河，学校租了河流是给学生洗澡用的，但是学生们喜欢在河里钓鱼。另一河岸的拥有者不允许这样做，所以博士明确禁止学生在河中钓鱼。汤姆有一次拿着伊斯特的新鱼竿去河岸钓鱼，当他发现对面树下有一条大鱼的时候，绅士的看护者正好经过。男孩爬到树上，可还是被看护者发现了。汤姆在树上拿着鱼竿准备和看护者"战斗"，但一番犹豫之后他还是下了树，并没有与看护打架。随后他们被看护带到了学校，在路上汤姆碰见了泰德波尔，他想来帮忙，但是汤姆对他摇了摇头。这是汤姆的第八次战斗，是他内心的战斗。

尽管汤姆淘气，本能地想与看护者"战斗"，但他还是放下了鱼竿，因为他内心深处也知道自己的错误——骑士的剑不应该挥向正义的一方。所以这一次的战斗依然是汤姆的胜利，他胜在了道德与理性。汤姆被带到博士跟前，这一次博士不同于上一次，他和汤姆进行了严肃的谈话。当看护询问博士该怎么处置鱼竿的时候，汤姆请求他，说鱼竿并不是自己的。而看护是个好人，看到汤姆很伤心，他把鱼竿还给了汤姆。在汤姆后来遇见看护的时候给了他两个先令表示感谢。汤姆与看护也成了好朋友。至此我们可以发现，汤姆从小到大，身边的人都十分喜爱他，他十分擅长和别人成为朋友。无论是当初村子中对汤姆的离去感到不舍的小男孩们，还是伊斯特、泰德波尔，甚至是抓到汤姆的看护都与他成为了朋友，这与一个人善良的本质是无法分割的。

　　第二天汤姆被博士打了，但体罚作用不大，汤姆与伊斯特似乎找到了他们这个年龄段的乐趣——不断违反校规。在最终被叫到博士面前后，博士终于对他们发出警告。博士告诉他们，他们两个已经因为违反校规被直接警告了很多次了，不能再继续下去了，这对他们和别的学生都不好。现在他们已经在学校有了恶名，并有了坏影响。他们似乎认为规则是随意制定的，是根据老师的心情定的，但并不是这样。"规则是为了整个学校向好的一面发展而定的，并且必须被遵守。那些肆意违反的人将被赶离学校。"（Hughes：141）在两个男孩害怕地离开后，博士问他们的老师对他们的意见如何，老师希望博士不要赶走他们，尽管他们读书不用功，但仍是两个好伙伴。博士想出一个对策：让他们照顾小男孩，从而使他们变得可靠。

　　随之就发生了与弗莱舍曼的第一次冲突，这是汤姆的第四次战斗，这次战斗发生在他的宿舍。就像父亲说的一样，汤姆在拉格比不单会遇到好伙伴，也会看见很多不好的行为。《好兵》中的爱德华在不恰当的时代盲目贯彻传统的绅士观，即对于一切邪恶的事件进行包容地处理，而在休斯眼中，在一个精神世界被机械文明侵蚀的时代，碰见不好的事情，最直接的行动应该是斗争。就在学生们在大厅中祈祷的时候，伊斯特问汤姆是否被包在毯子里扔过。汤姆当然没有，他很疑惑。伊斯特告诉他今晚会有人来扔他们，一般男孩都会躲起来。汤姆尽管十分紧张，但是他告诉伊斯特他不会躲起来。后来男孩们走进了他们的卧室。拉格比的所有年级的男孩都安排在同一栋宿舍楼里面，所以男孩可以跑到别的年级的卧室中。以弗莱舍曼为首的一群人进了门，发现只有汤姆和伊斯特没有逃走，于是就开始欺负这两个少年。尽管在被抛时汤姆几乎大叫，但他无声地承受了这种欺压。

这是汤姆第一次遇见恶势力，如果他逃跑了，那日后恐怕会有别人欺负他。年幼的他唯一能做的是挺身而出，代替同伴被裹在毯子里扔，并且用紧闭的嘴巴发出无声的抵抗——他还不够强壮，无法与一群大男孩战斗。正如父亲的叮嘱，他做到了勇敢，他不会感到耻辱。次日清晨他依然愿意不顾浑身酸痛，替伊斯特帮六年级男孩跑腿。初次遇见挑战，汤姆几乎展现了一切他所能做到的美德，汤姆是一个乡下男孩，他的家庭并不贫穷，但他并非生于贵族世家，父亲的叮嘱与他本身的天性使他乐于保护身边的人，他牺牲自己，不屈服于欺凌，这是绅士精神的体现。当时即使汤姆自己也很紧张，但他能够勇敢地对伊斯特说"我不会逃避"这样的话。这在一个九岁左右的小男孩身上十分难得，这也展现出他的勇敢与高尚。

从这个情节可以看出，休斯心目中的绅士实际上并不是不顾及环境因素彻底贯彻传统的愚笨之人。汤姆被欺负时之所以没有出言反抗弗莱舍曼，是因为环境对汤姆极度不利。不合时宜的言语很可能遭致更多的伤害。

有父亲的叮嘱与博士布道的影响，汤姆不出意外地没有屈服于五年级男孩的欺凌。他开始了他的第五次战斗。汤姆和伊斯特知道五年级的男孩其实并没有权力叫低年级的男孩为他们跑腿。他们决定不再为五年级男孩跑腿。汤姆是为弗莱舍曼跑腿的，加上弗莱舍曼对人很不友善——弗莱舍曼和别人说话时都会踢那个人。汤姆决定罢工，但是他并没有明确的方向。这时的汤姆是想抗争的，他想消除恶势力，但是他迷茫，不知该如何去做，当弗莱舍曼找来的时候，汤姆和伊斯特只是假装不在房间，但这并不是一个根本的解决方法。当他们出房门的时候弗莱舍曼还用瓶子扔了他们。

　　当周围的四年级男孩想和六年级男孩告状，或是告诉博士时，迪格斯出现了。他是一个很有经验的男孩，曾经也抵制过欺凌，他告诉四年级的学生，不要去找任何人，只要说自己不再愿意跑腿，那么五年级的那些家伙将会很快厌倦打他们，并且那些想要继续让你们跑腿的恶霸也会渐渐变得害怕。随后，汤姆就在弗莱舍曼面前说了不，弗莱舍曼打了他，但是并不严重，他勇敢地成为第一个向五年级男孩说不的四年级男孩，并告诉大家弗莱舍曼甚至不能让他疼得大叫。在汤姆的带领下，四年级男孩开始了抗争，并且纷纷从五年级男孩那里"解放"出来。唯有一些恶霸仍然维持着跑腿，比如弗莱舍曼。哪怕汤姆不再为其跑腿，他也不停地来骚扰汤姆。弗莱舍曼想尽一切办法来让汤姆和伊斯特不舒服，打扰他们学习。但是迪格斯也一直保护着这两个男孩，每当弗莱舍曼过来时，如果迪格斯在的话，他就会赶走弗莱舍曼。

　　在星期六，每个男孩都会得到一先令作为零花钱，但弗莱舍曼强迫低年级的男孩们每人支付一先令来买彩票。这并不是一场公平的竞技，许多马都是广为人知的黑马，有机会赢得比赛。而每当有男孩抽中写着这类黑马名字的彩票的时候，弗莱舍曼就会抢夺他们的彩票。泰德波尔就抽中了这样一张彩票，弗莱舍曼直接抢走他的彩票，并且不还给他，说要以一先令六便士的价格买下他的票。怯懦的泰德波尔并没有表现出顽强的抵抗。之后，弗莱舍曼发现汤姆也拿着黑马的彩票，汤姆的第六次战斗随之而来。弗莱舍曼想要以低价买走彩票，这其实与明抢没什么区别。但是这里有一个细节，迪格斯曾经说过，正面的对抗将会使恶霸们感到害怕。弗莱舍曼只用一先令六便士的价格买下了泰德波尔的彩票，但是他却不敢以那么低的价格去买汤姆的。所以结论就是，在这个时候，弗莱舍曼已经开始害怕了。但是汤姆很勇敢，他不愿意把彩票卖给弗莱舍曼，汤姆对他说了不。这时弗莱舍曼退了一步，说愿意买一半彩票，但汤姆拒绝了，他的抵抗使弗莱舍曼变得愤怒。愤怒使人失去理智，他把汤姆抓到火前烤。即使被火烤着，汤姆也不答应把彩票给他。伊斯特想要拉走汤姆，但是被一个大男孩打倒在地，于是伊斯特去找了迪格斯来解围。当迪格斯赶到的时候汤姆已经晕倒了。迪格斯骂了弗莱舍曼之后，解救了汤姆，并且叫人找来了学校看护。

在汤姆醒来时，他非常悲伤。起初他想写信让父母将他带走，但当他精神恢复之后，他没有这么做。之后伊斯特来告诉他，宿舍所有的男孩都站在了汤姆这一边。于是汤姆就将"永远不被弗莱舍曼打倒"之外的事情都忘了。在做出正义的行为后却饱受痛苦，这让汤姆动摇了他的决心，这是能够理解的事情。显然当人坚持很久的信仰无法给予他好的结果时，人心是很容易被歪曲的。所幸的是汤姆足够勇敢，当他的精神恢复之后，他依然信奉他的信条——父亲说的话。这里不得不提一下迪格斯，迪格斯在汤姆的绅士之路上扮演着十分重要的角色。如果说父亲为汤姆指明了大方向，老布鲁克为汤姆做了一个好榜样，校长为汤姆坚定了自己的信念，那么迪格斯所给予汤姆的东西绝不比他们弱。迪格斯其实一直在保护汤姆不受弗莱舍曼的骚扰。他是汤姆的向导。一味的斗争十分容易走偏方向，如果没有迪格斯的保护的话，汤姆在向弗莱舍曼说不之后又被弗莱舍曼骚扰的时候，就很容易失去信心，他会开始怀疑他这样做是否真的是对的，为什么他的信仰没有带给他好的结果。但另一方面，迪格斯其实也无法保护汤姆一辈子，汤姆这一次的被火烤，就是对汤姆的一次极大考验，汤姆也通过了考核。

在汤姆被火烤的第二天，迪格斯碰见了弗莱舍曼，打了他，但是弗莱舍曼并没有还手，显然弗莱舍曼害怕了。但弗莱舍曼依然很愤怒，他像往常一样去大厅找汤姆和伊斯特。他毫无理由地打了汤姆，并且想把汤姆赶到他的自习室里。但是他没有看见坐在后面的迪格斯。迪格斯站出来叫汤姆和伊斯特直接去打弗莱舍曼，只有汤姆与伊斯特把弗莱舍曼打败才能彻底摆脱他。于是汤姆和伊斯特开始一起与弗莱舍曼打架，这是汤姆的第七次战斗，迪格斯做裁判。迪格斯的存在给了两个小男孩底气，弗莱舍曼的体格对于汤姆和伊斯特来说很大，但是汤姆与伊斯特依然勇敢地上去与他战斗，最后在汤姆使出曾经学习的摔跤技巧后，弗莱舍曼被打倒在地。当看到弗莱舍曼在流血的时候，两个小男孩还有些担心他会不会死，但迪格斯告诉他们这只是皮外伤，弗莱舍曼只是装着躺在地上。之后不久，弗莱舍曼也被校长开除了。其实两个小男孩早已习惯了弗莱舍曼来找茬，这一次是迪格斯为他们指明了方向，他们信任迪格斯，在迪格斯的鼓励下，他们第一次用拳头来抗击弗莱舍曼。

　　从最开始的被卷在毯子里扔的时候的无声抵抗，到不愿跑腿时说不，再到宁愿被火烤也不向邪恶屈服，到现在的提起拳头挥向弗莱舍曼，不断的抗争如同滚雪球一样，抗争的力量变得越来越强大，同时，"敌人"开始越来越心虚、害怕。经过这一次的事件，汤姆显然更加确信了他父亲所说的是对的。只要做出了对邪恶势力的正当反抗，那么自己的父母会以自己为荣。

　　休斯眼中的绅士并非简单的概念传承。在《好兵》中，爱德华表现出的传统绅士的形象具有很大的局限性。而休斯认为，绅士是在周围环境因素影响下，具有自主意识的、敢于斗争的人。汤姆周围的环境对于他的绅士之路有着重要的作用。在踢足球的活动里，汤姆结识了当时学校的领头大男孩布鲁克。汤姆在球场上的勇敢表现很得大家的欣赏。在拉格比宿舍的庆功宴上，老布鲁克问男孩们为什么他们的球队可以打败别的队伍。男孩们说，是因为老布鲁克踢得好。但老布鲁克否定了这一点，并且着重强调了他们的获胜原因是团结的力量。也只有团结才能够抵制学校中的欺凌。同时他也称赞了新校长阿诺德先生，因为他对学校各种不良现象的制止，学校才一直在向好的方面发展。新校长禁止的那些习惯，仅仅是一些坏习惯。他没有禁止踢足球，他甚至还来看了男孩们的比赛。布鲁克希望大家能够帮助并支持阿诺德博士一起改善学校。于是男孩们开始为布鲁克和博士而欢呼。这是汤姆第一次侧面接触到博士这个人物，也就是学校的校长。汤姆十分敬仰管理宿舍的布鲁克，而布鲁克十分推崇博士。因此汤姆敬畏博士，甚至有些害怕博士。但博士也是汤姆战斗之路上一个影响深远的人物。

　　汤姆在进入学校不久后便参加了博士的布道。博士的布道是神圣的，在小教堂昏暗光线的衬托下，汤姆感到自己真的在敬奉上帝，在座的每一个男孩其实也是这么觉得的。小说中汤姆和其他男孩的感受就像下面描述的一样："我们连他说的一半都听不懂，我们不清楚自己或者别人想要的是什么，也不懂什么希望、信仰与爱。但是所有的男孩都愿意听那个男人布道，他的心与灵魂化为力量，撞击着我们心中每个角落的不纯洁的力量，这不再是先前冷冰冰的声音，而是鲜活的声音，在号召我们去帮助他与邪恶作斗争的声音。"（Hughes：103）博士的布道表达了他会与邪恶战斗到底，布道呼吁男孩们的帮助，去为了正确的事情与正义而战，和他一起将这个学院变得更加美好。尽管在此时，许多在座的男孩并不能完全听懂博士所说的话，但都被当时的气氛所感染。尽管汤姆听不懂博士在说什么，但教堂的昏暗光晕与博士的吟唱结合，形成了一种神圣的气氛。博士的布道就像一颗正义的种子一样，种在了汤姆的内心深处。

　　在休斯的心中，绅士的真正觉醒是"保护"。绅士之于休斯来说是保护自己所珍爱的人与物。当一个人找到自己所要守护的东西时，就是绅士之魂觉醒之时。于是亚瑟出现了，亚瑟成就了汤姆的绅士路。亚瑟的出现是一个转折点，原本违反校规、肆无忌惮的汤姆在亚瑟出现后开始收敛自己的任性。在下个学期的第一个晚上，女仆告诉汤姆他将和伊斯特分开，一个叫做亚瑟的小男孩将会和他在一个寝室。汤姆将会得到一个大的自习室，并且和亚瑟一起用，希望汤姆能够照顾这个小男孩。对此安排汤姆一开始是很生气的——除了大自习室之外，其他的都是他所不想要的。汤姆看了一眼旁边的亚瑟，马上意识到亚瑟是那种没人照看就无法独立的小男孩，如果一直照看他的话，对于汤姆来说是个大麻烦。此时，汤姆的心中展开了一场自我斗争——也就是他绅士路上的第九次战斗。汤姆实在太诚实了，他不愿意答应女仆接管亚瑟，但是之后却告诉亚瑟让他自己照顾自己。因为如果照看了亚瑟，会对他的钓鱼与去树林寻蛋的行动十分不利，而且他也无法和伊斯特随时交流了。精明的女仆似乎看出了汤姆在想什么。在女仆把亚瑟的可怜身世描述一番之后，汤姆接受了这个重担。最终汤姆的理性战胜了感性，他宁愿牺牲嬉闹的时间来帮助这个小男孩。在接触后，汤姆发现亚瑟十分怕陌生的事物，于是在泰德波尔准备戏耍亚瑟的时候，汤姆就开始保护亚瑟。也许连汤姆自己都没有发现，自己潜在的美德被亚瑟激发了出来——保护弱者，而这得益于他心里斗争的结果：必须照顾这个男孩。

在六个礼拜后，汤姆十分欣慰，亚瑟终于交到了他第一个朋友马丁。马丁在自习室里面养了很多奇怪的动物，他还做些奇怪的研究，并且十分喜欢收集鸟蛋。有一次上课马丁没有带书，亚瑟和他分享了自己的书。尽管汤姆认为对于亚瑟来说，马丁有些怪异，却是个不错的朋友。在马丁的一次提议下，他们四个（包括伊斯特）决定去树林掏鸟蛋。在汤姆的允许下亚瑟也激动地爬上树，收集到了自己的鸟蛋。汤姆的第十次战斗是与鸟的战斗，是为了亚瑟的战斗，通过收集鸟蛋并且欢快地与鸟作斗争，亚瑟的性格比之前更加开朗了。但同时，他们到了他们偷过鸭的一个农场上，并且向一只母鸡扔石头，在被农场主发现后汤姆抓着亚瑟跑，但还是被农场主抓住了。还好在路上碰见了福尔摩斯解围，才没有被送到博士跟前。

在学习方面，许多拉格比的男孩认为学生与老师的战争在于课业预习的量。在有亚瑟的课堂上，格拉汉姆先生要求大家每天预习四十行课文，但如果有时间就预习更多。所以几乎所有学生只预习四十行。但是有一次，一个年轻的老师来代课，老师奇怪为什么威廉斯读到四十行就停下了。威廉斯说只有四十行要读。于是老师问负责人亚瑟是不是这样，亚瑟把实情告诉了老师，老师惩罚了威廉斯。在威廉斯要揍亚瑟的时候汤姆阻止了他，于是引发了汤姆与威廉姆斯之间的打斗，这是汤姆的第十一次战斗，也是为了亚瑟而战。但是威廉斯十分强壮，许多人甚至怀疑汤姆是否敢和他打。在上半场的打斗中，尽管汤姆出拳很直，很迅速，但是正面的战斗依然对汤姆不利，于是在下半场时汤姆开始躲避对手的拳头，把敌人引开，并使用他的摔跤技巧。最后威廉斯被打败了。这时校长赶到，他很惊讶六年级的大男孩布鲁克虽在这里，但没有制止这场战斗。布鲁克保证这是最适合汤姆与威廉姆斯的结局，并且保证之后会制止所有的打闹。之后在布鲁克的帮助下，汤姆与威廉姆斯也握手言和，成为了朋友。汤姆也终于通过这场战斗发现到底在什么情况下才是适合战斗的时机，自己应该为了保护所珍爱的事物而战斗。

两年后，亚瑟感染流感，病情每天都在恶化。亚瑟病得很重，危及生命。这使汤姆十分担心。但汤姆在亚瑟病情好转之后，才终于得以看望他。亚瑟看到汤姆后，对汤姆建议："亲爱的汤姆，我并不是要命令你，而且如果说是给你建议的话，我也显得有些自大了。你就像我在拉格比的主人，但是我希望你好好学习拉丁文，不要偷懒用对照本"。（Hughes：200）汤姆在听到这个建议之后是惊讶的，他疑惑为什么亚瑟会这么说。如果他不使用对照本来学习拉丁文的话，他将失去踢足球与玩板球的时间。亚瑟解释，用对照本来学习拉丁文是不诚实的，既然你来学校的目的是让博士感到满意，是为了学到足够多的拉丁文与希腊文，最终考进牛津大学，那么就应该停下使用对照本，这样才能使博士满意。汤姆必须承认亚瑟说的是对的。

亚瑟的劝说使汤姆加入了师生间的斗争，这是汤姆的第十二次战斗。只不过这一次，汤姆站在了老师这一边。第二天早上，汤姆就开始劝伊斯特也放弃使用对照本。伊斯特对此感到无法理解。尽管伊斯特承认亚瑟改善了汤姆和他的坏习惯，但是这一次他认为亚瑟的想法太过言重。伊斯特告诉汤姆，有一次他在课堂上使用对照本读书，被发现后，他被逮到了博士前。博士很生气并且打了他。但不是因为他使用对照本，而是因为他把对照本带上了课堂，他告诉伊斯特，使用对照本弄懂书中的难点并没有什么坏处，如果他们在尽力之后依然没法弄明白书中的含义，那么用对照本是被允许的。而且伊斯特认为，学生与老师之间就是天生的敌人，他对汤姆说："我们和老师就是天生的敌人，这是事实。我们要学习那么多拉丁文和希腊文，他们要看着我们。如果我们能偷工减料，我们就赢了。如果他们让我们做的更多，他们就赢了"。（Hughes：210）伊斯特说的似乎很有道理，但是汤姆明白他所做的是对的。汤姆认为自己应该坚持不再使用对照本学习。在人的一生中，价值准则往往是被身边的环境所左右的，但最终的选择永远取决于自己，而选择正直往往比选择其他更为艰难。汤姆面对伊斯特的劝说，依然听从了亚瑟的话，放弃了学习的时候使用对照本，这是汤姆在内心与自己的斗争。

　　两年后，汤姆即将从学校毕业去牛津大学，汤姆在和他的老师交谈时，提到他十分高兴有机会和亚瑟成为朋友。老师告诉他，这并不是一个巧合，当初那个学期他总是惹麻烦，之后被校长警告。校长对汤姆和伊斯特感到十分焦虑，并且认为汤姆需要一些人生中的目标。于是校长把汤姆和伊斯特分开，并把一个小男孩放到汤姆的自习室。他就是亚瑟。当有人相信你会帮助他的时候，你将变得更加可靠，更加为别人着想。从那之后校长其实一直关注着汤姆和伊斯特，并对于结果感到满意。在这个时候汤姆才理解了博士。这时汤姆发现其实博士除了管理学校之外，还时刻注意着每个学生心智的培育。他从来不把任何学生当成孤立的个体来对待。在他与博士的斗争中，汤姆输了。博士花了八年时间获得了这场斗争的胜利。汤姆曾以为自己所取得的成就都是靠自己的努力得来的，并没有靠哪个老师或者大男孩的帮助，他却没想到博士时刻关注着他。汤姆的前十二次战斗都获得了胜利，唯独这一次输给了"对手"。汤姆的最后一次战斗是屈服之战，也是觉醒之战。如果汤姆没有向博士投降，依然把博士当作是一个对手或一个反抗对象的话，他就不会在最后选择无条件地支持博士的正确决定，也不会历练成一个绅士。

结　语

总的来说，《汤姆·布朗的求学时代》是一部具有唤醒意义的小说，本章通过归纳汤姆在拉各比的十三次各种形式的战斗，探讨了汤姆走向绅士路的全过程。当汤姆·布朗最后成长为一名绅士的时候，作者托马斯·休斯所重塑的"绅士"的品质也日趋浮现——正直、责任感、善良、勇气、保护弱者、自制等等。休斯的绅士观是对机械时代绅士精神失落的重新审视。

第六章 狄更斯小说中的年龄倒置现象

在描写儿童方面,狄更斯可谓是 19 世纪英国文坛中最不惜笔墨的作家。过往的批评多从生理年龄意义上界定"儿童",从而忽略了年龄倒置(age inversion)这一在狄更斯小说中普遍存在的现象。狄更斯经常在同一部作品中设计出早熟的儿童和幼稚的大人两类互相映照的人物。这独特的艺术手法体现了怎样的共同体诉求? 这一问题有待深入探讨。雷蒙德·威廉斯(Raymond Williams 1921—1988)曾有言,从狄更斯到劳伦斯的一百年中,"英国小说有一个起关键作用的中心意义,即探索共同体,探索共同体的实质和含义"。(Williams:11)威廉斯还提出"不可认知的共同体",用来说明狄更斯表征共同体时遇到的困难:"狄更斯不得不为一个复杂得多的城市世界想出不同的小说策略,这个世界日益受到只能用统计或分析方法加以理解的某些进程的支配,是一个根据表明的经验不可认知的共同体"。(威廉斯 2010:242)也就是说,在嬗递之际,旧有的文学形式已经无法明确勾勒出新兴社会文化机制的纹理。开辟一种独到文学表达形式势在必行。年龄倒置现象正是狄更斯采取的进入共同体思辨的独特形式。

19 世纪欧洲的重大社会文化命题,非共同体莫属。德国社会学家、共同体理论的奠基人腾尼斯在《共同体与社会》(Community and Society,1887)中提出,"血缘共同体、地缘共同体和宗教共同体等作为共同体的基本形式,它们不仅仅是它们的各个组成部分加起来的总合,而且是有机地浑然生长在一起的整体"。(腾尼斯:2)以工业文明为载体的"社会",则"应该被理解为一种机械的聚合和人工制品"。(同上:2)机械文明"给大家以相同的表情、相同的语言和发音、相同的货币、相同的教育、相同的贪婪、相同的好奇心——抽象的人,即一切机器中最最人为、最有规则性、最精密的机器"。(同上:229)滕尼斯在界定共同体时,强调它是一种有机体,其对立面则是作为机械聚合体的社会。狄更斯笔下的年龄倒置现象呼应了滕尼斯的论断,维多利亚时期的机械主义思潮引发了父权制家庭共同体的失序,早熟的儿童和幼稚的大人便是被异化的产物。

在社会文化领域,维多利亚社会的对儿童关注在多方面得到表现。童工法案、强制教育法案、针对青少年犯罪的改革以及针对工人阶级家庭儿童的诸多倡议得以落实;尤其是在社会中上阶层,青少年这一群体的重要性也在一系列具有里程碑意义的变革中得到不断加强:公立学校改革、幼儿园运动、为青少年量身定做的一系列讲授文本和娱乐指南、儿科作为医学独立分支的建立、儿童心理学成为科学研究的新方向等等。(Mitchell:102)在维多利亚时期,"童年"是商品化代码,视觉媒体的消费对象。不论在大众文化领域的广告和贺卡中,还是在英国皇家艺术学院的课程设置中,都可以寻觅到"童年"的踪影。(Nelson:1)对儿童和青少年的上述关注说明,在维多利亚时期,对于一个日臻成熟的工业国家来说,"童年"成为关注对象在情理之中,另一方面,对童年异乎寻常的关注也萦绕着深刻的社会焦虑。

在狄更斯看来,虽然上述针对儿童和青少年发展的改革具有积极作用,但仍然无法掩盖维多利亚社会的儿童问题。儿童医院的门庭冷落是一个例证。该医院于1852年在伦敦大奥尔蒙德街建成,是当时英国唯一一家儿童医院。"狄更斯在当《家常话》(Household Words)编辑时首先注意到了它的开业,他还和亨利·莫里合作撰写了"低垂的花蕾"一文,希望能为该医院筹集到更多的善款。当时伦敦每年有五万人死去,其中两万一千人是十岁以下的儿童。但是医院建成六年后,床位却仍然只有三十个"。(狄更斯《演讲集》2006：259)1858年2月9日,狄更斯在为儿童征集捐赠的宴会演讲中,明确表达了他对儿童的热切关注：

> 我生活的一条准则是：如果有人对我说,他对孩子不感兴趣,这个人就不值得我信任……任何一个对那些可爱的孩子们没有爱心和同情心的人,也就是真正铁石心肠的人,肯定还需要接受许许多多爱心和同情心方面的人性教化。因此,这种人只是人类中间危险的怪物。……我的确已经注意到,我们坐在一起之后就一直有一种孩子般的气氛,因为我们代表的是一个孩子们的机构,是一个还未长大的机构。……将这些孩子们带到你们面前的那两位冷酷的奶妈——穷困和疾病——主持他们的出生,摆动他们的摇篮,钉上他们的小棺材,又为他们的坟墓添上泥土,在这个大城市每年死去的人数中,这些孩子们的非正常死亡占了三分之一以上……我只请求你们回顾一下你们自己的童年与所谓的"第二个童年"之间的一切——这所谓的"第二个童年"实在是一种误称,因为此时孩子所具有的所有优势都已失去,留下的只是无奈——我要以"同情"与"怜悯"的神圣名义请你们想想这些被破坏了的孩子们。(同上：261,263)

尽管相关机构已经发出狄更斯将主持宴会并做这次演讲的通知,参加者仍然寥寥无几,可见当时社会对儿童问题的关注并没有达到狄更斯的预期。从而激发了狄更斯在文学作品中为儿童大声疾呼的冲动。在狄更斯的看来,儿童是验证成年人品行和社会良知的试金石,是维系家庭和民族共同体有机发展的纽带。在扼杀儿童的"贫困和疾病"这两个奶妈背后,藏匿的是英国这个"最伟大"民族和最富有

"世界工厂"的病态——也就是迪斯累里（Benjamin Disraeli，1840—
1881）所言的"两个民族"的顽疾。根深蒂固的贫富分化使穷人和富
人之间"没有交流，没有同情；彼此不了解对方的习惯、思想和情感"。
（Disraeli：233）

　　"两个民族"的对立是共同体失序的表现。狄更斯运用年龄倒置
现象呈现出"两个民族"衍生出的家庭关系的倒置，即父子、祖孙关系
的颠倒。狄更斯演讲中所言及"第二个童年"本意指老年状态，也象
征着父权。在爱德华·扬（Edward Young）博士 1823 年版的大不列
颠百科全书中，以及在这部百科全书 1875—1879 年的版本中，人的
一生被分为"婴孩期、童年期、成年期、老年期或是"第二个童年"。又
如在 1848 年 8 月《北方英国评论》（North British Review）中，一篇
萨缪尔·布朗撰写的题为《鬼预言家》的文章中，作者提出了对鬼存
在的强烈怀疑，认为"鬼的存在是对我们父亲的抗拒，我们的父亲无
疑是人类第二个童年的状态，在第二个童年里我们渴望真、善、美，以
及对人生的无疆界的期待"。（Qtd in Nelson：395）狄更斯在很多作
品中戏剧化地呈现了很多祖孙、父子角色倒置的家庭关系。下文首
先要探讨的是狄更斯笔下早熟的儿童形象。

一、早熟的儿童

　　在维多利亚时期，立法和社会机制保障了老年人的自身权益，政
府的济贫院和养老金制度都是这方面的体现。在狄更斯的文学世
界，针对祖孙关系展开的共同体想象具有社会批判的意义，从一个侧
面叩问了当时的社会秩序。在《老古玩店》（The Old curiosity Shop，
1840—41）中，"耐尔和她年迈的爷爷这对互相依赖的老幼组合和当
时社会主流舆论对老年人的话语建构背道而驰，祖父把自身的虚弱
投射在孙女小耐尔身上"，（Chase：6）耐尔则充当着大人的角色，她
的童年是缺席的。《老古玩店》"在描绘老年状态时带有难以估量的

忧郁气氛，对童年的处理方式也带有嗜杀成性的色彩"。(Small：194)

　　父女角色的倒置也凝聚着狄更斯的共同体诉求。罗宾森(Catherine Robinson)在其《男人的仙境：维多利亚绅士遗失的少女时代》(*Men in Wonderland：The Lost Girlhood of the Victorian Gentleman*，2001)一书中提出，对于 19 世纪中期的英国男性作者而言，小女孩的角色为他们提供了"理想的、遗失的童年，女性的性别状态被认为是男人弱冠之年和此后被禁止的根本性状态"。《我们共同的朋友》(*Our Mutual Friend*，1864—65)中的贝拉·威尔佛(Bella Wilfer)侍奉自己父亲的场景体现了父女角色的倒置："贝拉责怪父亲的手脏，她为她父亲切肉倒酒，当她替父亲戴围嘴时，她还念叨着'我们必须让他的衣服保持干净'，简而言之，她把他父亲当成玩偶"。(Adrian 1971：10)当自己的女儿把自己当作小孩或者洋娃娃对待，威尔佛先生抛下责任。在女儿的娇惯中，他暂时性地逃离了成年人的社会身份。海明斯(Robert Hemmings)用弗洛伊德的衰退理论(Regression theory)将威尔佛先生童真的怀旧思绪提升到了"神经焦虑"的维度。(Hemmings 2007：55)

　　狄更斯作品中很多"家长——孩子"角色倒置的现象和狄更斯童年的创伤经历有关。其间除了反映出"神经焦虑"，更反映了社会焦虑：英格兰作为一个共同体——一个广义上的家庭——缺乏一个尽职的领导者。正如安德鲁斯所说，"狄更斯一生中对童年的关注，对童年与成年之间悬而未决关系的关注，皆来自 19 世纪英国文化中的童年焦虑情结……狄更斯在作品中处理童年的方式不仅仅是对他自身青少年岁月持久的延续，更是他对抗时代价值观的一个方式"。(Andrews：4)

　　19 世纪的英国经历着从农业文明向工业文明的转型。在工业化国家形塑过程中，中产阶级成年人肩负重任，社会对他们职业和父母亲角色的需求也被理想化。"童年这一概念的新发展伴随着成年人概念的新发展……维多利亚时期的成年人被刻上了责任心、社会地位、热忱、稳定和严肃的标签，而孩子则同想象力、魅力和活泼这些名词联系在一起"。（Newsom：102）对成年人的社会期许同当时的"工作福音"（Work gospel）理念密切相关。该理念由卡莱尔提出，在维多利亚社会影响深远。不论在工作中还是在家庭中，工作福音都被看作是治愈忧郁、克服无用感和无助感的良药，不论男人还是女人，只要他们对待自己的分内职责兢兢业业，他们的家庭和国家就可以免于陷入混乱和无力。对于一个男人而言，他的责任在于养家糊口，对于一个女人而言，她的职责便是结婚生子，相夫教子。

在狄更斯看来，机械文明摧毁了理想的家庭秩序。英国工业革命在维多利亚时期走向成熟，主流的文化价值体系与工具理性不谋而合，维多利亚人时代精神（Zeigeist）的主旋律是"我们搬走了大山，并将大海变为通途；什么也阻止不了我们。我们向粗野的自然挑战，并用我们不可阻挡的机器，永远胜利地前进，并满载战利品而归"。（摩根：438）加拿大学者弗莱（Northrop Fyre，1912—1991）在《现代百年》（*The Modern Century*，1967）中就将上述对速度和效率的顶礼膜拜称为"进步的异化"："总有什么在催逼着你往前赶，越来越快，越来越快，致使你最终感到绝望。这种心态，我称之为进步的异化"。（弗莱：8）在"进步的异化"下，返回童年变成了成年人的避难所。"早熟的儿童戏剧化呈现了儿童的困境，这一类形象不单单影射了儿童在成年人社会的尴尬处境，他们也反映出维多利亚社会对成年人的敌意"。（Goetsch：45）

《匹克威克外传》中小男孩乔的肉食消费就折射出工业文明中男性性别焦虑。乔不但爱睡觉，他对食物，尤其是肉食的偏爱已经远远超过了一个孩子的正常需求，"狄更斯把男性气概投射到了乔对肉食的消费上"。（Stern：160）食肉在小说中是男性征服女性的符号，通过乔与女仆玛丽共进晚餐的一幕，狄更斯刻画出男性在求爱过程中的尴尬处境。在饭桌上，乔对食物的渴望暗示着他对玛丽的渴望，他通过不断重复自己很饿来间接表达与玛丽调情的愿望。"乔隐晦的性暗示恰恰反映出维多利亚男性的无力：他们既无法名状（name）自己的愿望，也没有能力实施愿望"。（Waters：366）乔热情地把肉饼分给玛丽，同时也给了自己很多肉饼，当他慢吞吞地对玛丽说"你多漂亮呀"（狄更斯《匹克威克外传》：731）的时候，玛丽装作害羞地反问他，这样说什么意思。而后乔再也无法表达自己的情感，转而以沉重的叹气作答，之后又专注于他的肉饼。当乔又以夸奖玛丽的主人艾米莉小姐漂亮为由，再次对玛丽大加恭维的时候，玛丽又装作难为情的推脱，这时乔又没了主意。

在两性关系上，玛丽比乔更在行。她提出，如果乔答应他一件事，或许以后她可以常来看他，而乔却认为只要是涉及到帮忙的事便肯定和吃有关，也只能和吃有关。而当他得知玛丽所说的帮忙，是保守史拿格拉斯与艾米莉小姐之间的情事时，他又有点不知所措。在玛丽临走前，乔"带着笨拙的玩笑态度，张开手臂想求一吻"，（狄更斯《匹克威克外传》：733）又被玛丽逃脱了。这之后乔继续吃了一磅肉排，睡了过去。"乔是狄更斯对19世纪男性气概的戏仿。"（Hardy：95）身为孩子，乔希望把自己消费成男子汉，他幼稚的心智和超出年龄需求的胃口形成强烈反差，从而折射出维多利亚父权社会中男性气质的虚弱。

《董贝父子》中对小珀尔的刻画也体现了共同体的失序。和《老古玩店》中耐尔之死一样，小珀尔的早夭也"引发了英国全民上下的悲悼，然而狄更斯真正的用意并非想要激起读者情感的波澜，而是要呈现一种儿童的视角，并将小珀尔描绘成英国小说中最早具有独立自我意识的儿童形象"。（Miller：131）通过小珀尔的社会体验和心理活动，狄更斯呈现出了一对被"进步"所异化了的父子。老董贝深受"进步"思潮的蛊惑，他对幼子拔苗助长式的教育引发的悲剧，通过小珀尔对周遭世界的感知直观呈现出来。"小说中叙述人是个成年人，他与珀尔的观察视角始终保持协作关系，从而提供了另一版本的早熟儿童叙事"。（Andrews：114）珀尔的小老人相预示死亡，他的家不是伦敦的董贝商行或者父亲的大别墅，而是天堂，他把"人生看成是一个没有家具的空房间，而且再也不会有什么家具商跑来装点它了"。（狄更斯《董贝父子》：153）

小珀尔的少年老成体现出不可调和的矛盾——他身上儿童的成分与父亲对他子承父业的急切期许之间的矛盾。小珀尔从一出生就被当作成人的微型复制品，他天性中的敏感和天真在冷酷的父亲那里处处碰壁。董贝对小珀尔的拔苗助长体现出他自身对时代的焦虑。F. S. 施瓦茨巴赫认为，董贝本身象征着过去的时代，而非进步的时代。作为家族航运公司的继承人，他的财富积累得益于18世纪的重商主义政策。到19世纪40年代的时候，英国经济的统领权从董贝代表的阶级转移到了大型工业企业家的手上。现代性的真正缩影是《艰难时世》中经营钢铁和煤矿的重工业所有者，他们在社会新近获得的地位反映在《董贝父子》中无处不在的铁路意象中。（See Schwarzbach：106）

董贝商行为狄更斯的社会批评提供了特殊的契机。如埃德加·约翰生所言，董贝父子商行的性质是商贸行业而非工业公司，这点对于将《董贝父子》带入伦理争论至关重要。"老董贝的营生不是给交通设施或者楼房提供材料，他是和人打交道，为人提供商品，因此狄更斯便在董贝身上赋予了一种责任，他需要为消费资本主义带来的社会和道德问题负责"。（See Johnson：69）小珀尔俨然就是消费资本主义的病态产物，对于老董贝来说，他的儿子"不是娃娃，不是孩子，不是成人；是'董贝商行'里的'子'"。（狄更斯《董贝父子》：89）而珀尔在勃林茂博士那所魔鬼般的学院也对涂茨说，他的父亲不是父亲，而是"董贝父子商行"。（同上：158）在董贝父子之间没有维系亲缘共同体的情感纽带，只有商业价值。珀尔的母亲生他时难产而死，董贝不得不为幼子寻找一个奶妈。候选人涂德尔大婶健康的身体以及她的五个孩子都被狄更斯政治化了，涂德尔一家贫困却幸福的家庭生活不仅是工人阶级家庭的田园版本,也是有机共同体的缩影。但健康的身体和旺盛的生育能力对于老董贝而言却是一块心病。如果没有继承人,他商行的未来就注定暗淡无光。小珀尔的命运已经预示了董贝商业帝国的衰落。(Byrne:52)

钟表意象贯穿于整部小说,象征着机械力量对董贝一家的操控。《董贝父子》中老索尔的店铺出售的航海记录仪象征着他已落后于这个时代。老董贝的怀表几乎代表了他这个人,因为他总是披星戴月。在小珀尔降生的一幕,董贝和医生的手表计算着小珀尔母亲距离死亡的时间,手表对珀尔母亲的生命具有强大的操控力,而这位女性唯一可以做出的挣脱,便是用死亡的方式让自己逃离机械时间。在勃林茂博士的书院大厅里,座钟机械地的摆动迎合着小珀尔内心的痛苦:"他稚嫩的心空虚、悲伤,外面的一切都如此阴冷、荒凉和陌生,他似乎已把人生看成是一个没有家具的空房间,而且再也不会有什么家具商跑来装点它了"。(狄更斯《董贝父子》:153)时钟是现代工业文明的使者,"在 1840 年到 1850 年间的英国社会,人们的日常生活非常依赖手表,英格兰也在调试自身去适应铁路和铁路时间表"。(Auerbach:100)董贝希望他的儿子可以赶超时间,早日子承父业,小珀尔的早夭却是对父亲愿望的反讽。小珀尔死于肺结核,这种慢性损耗性疾病抵制了机械时间,精神的早熟预示着他已经远离了正常儿童的童年时间界限,他的身体却还是个孩子的身体,而且永远也不会成熟。

董贝造就了珀尔这个怪异的形象。不论在生意上,还是在处理和他的继承人的关系上,老董贝都缺乏保持适度边界的能力。狄更斯对董贝的刻画体现出维多利亚文化构建一种把自我从原始的自恋和无边际的自爱中抽离的愿望,而一旦愿望达成后,随之而来的便是怪异的死亡预言"。(Freud:630)麦尔柯姆·安德鲁斯提出,小珀尔是倒置了年龄的老董贝,"对小珀尔的突出描绘反映出老董贝身上体现出的新式成年人形象,在此前提下,童年变成危险的文化符号"。

(Andrews：128)如果用弗洛里德的理论来解释安德鲁斯的观点，那就是"怪异"。(uncanniness)"当婴儿时期的各种被压制的需求和情结在某一时刻复苏的时候，或者那些一度被战胜的原始信念再次得到确信的时候，怪异的体验便随之而来"。(Freud：639)菲利浦·麦克卡夫瑞提出，"董贝这对父子组合，不论是父亲和儿子，都处在自我怀疑的状态，这一父子组合一直在自我的多个层次不断流动，到最后就是相同事物的持续重现——在连续的几代人中对相同的性格特征或者性格变化的重复，对相同的罪行的重复，甚至对相同的名字的重复"。(McCaffrey：373)《董贝父子》中的这段描述形象地呈现了这对怪异的父子组合：

> 珀尔逐渐长大，将近五周岁。这小家伙相貌非常漂亮，只是他那张小脸上有一种疲倦抑郁的神色，常使魏根大娘意味深长地摇头或倒抽冷气。他的脾气常常表现出骄横的倾向；他肯定会看到自己的重要，认为一切事、一切人都该听他主宰。他有时很孩子气，喜欢玩耍，并不是不开朗的气质。不过他有时又很怪，像个老人，若有所思似的。童话里讲到一种小精灵，活到一两百岁，就匪夷所思地把小孩子吃掉，自己变成他们的模样。小珀尔坐在他那张小小的扶手椅里沉思的时候，神情语气活像这种可怕的小精灵。他在楼上婴儿室里，常会一下子不由自主地露出这种小老人的样儿来。有时他正和弗洛伦斯玩耍，或套着托克丝当马赶呢，忽然说一声累了，这种神态就来了。尤其晚饭后，他的小椅子挪在他爸爸屋里，父子俩一起坐在炉旁的时候，他百无一失，总显出这副小老人的神态。炉火光里，这对父子真是绝无仅有。董贝先生板着脸，坐得笔挺，凝视着炉火。和他一个模子里出来的儿子，一张脸不知多么苍老，好像带着几世的智能，全神贯注地从火光里展望未来。董贝先生正在盘算策划些错综复杂的俗务，他儿子头脑里，却不知是什么若有若无的胡思

乱想。董贝先生是一个呆板骄傲的人,很一本正经。他那儿子由遗传和无意中的摹仿,也是那么一本正经。两人非常相似,却又是个古怪的对照。(狄更斯《董贝父子》:89-90)

在维多利亚时期,将成年人和儿童区分开来的两个要素是有偿劳动和性行为。非法雇佣童工等现象屡禁不绝。《雾都孤儿》(*Oliver Twist* 1837—39)通过对费金控制的少年犯团伙进行集中刻画,塑造了非法敛财的早熟儿童群像。这群小大人中的男孩子抽烟、喝酒,把自己装扮成中产阶级绅士的模样,而女孩子南希则曾经沦落为风尘女郎。"与其说这群孩子是坏孩子,不如说他们根本不像孩子"。(Lesnik-Oberstein 2001:94)打造这群小大人的幕后黑手正是成年人费金。机灵鬼达金因为扒窃钱包被抓进监狱。开庭前,费金想象着机灵鬼在法庭上如何表现得像个大人:他派头十足,就好像自己是法官的儿子,正在宴会上发表演讲。本来另一个少年犯贝兹少爷认为机灵鬼是牺牲品,在费金的诱导下,贝兹"转而认为机灵鬼是一出极不寻常、极为优雅的滑稽戏的主角,巴不得开庭那一天早日到来,好让自己的老伙计有机会大显身手"。(狄更斯《雾都孤儿》:301)机灵鬼与他的师傅费金之间心照不宣,在法庭上这位"小绅士"大放厥词,极尽所能为自己狡辩,把自己消费成颠倒黑白的戏子。法庭上的很多看客也没有把机灵鬼当成孩子,"机灵鬼的着装和举止决定了他更像是一个成年人,他也得到了与大人同等的惩罚"。(Flegal:70)

费金根本无需在意机灵鬼的死活。这一是因为他还有很多好苗子可以培养,二是因为他有法律的空子可以钻。"在19世纪30年代的英国,儿童如果偷窃则可被移送出英国,而与案件相关的成人却不会受到牵连"。(Wolff 1996:246)机灵鬼和其他少年犯是老家伙费金的玩偶和牺牲品,他们自甘堕落,但从他们身上却透射着儿童的脆弱无助。"在19世纪的英国文学中,作家通过这一类沦为成人牺牲品的儿童呈现出成人异化了的自我"。(Berry:19)

　　亨利·詹姆斯就提出过，狄更斯偏爱一种写作技巧，即把儿童的天真敏感和成年人的冷酷无情并置在同一个叙事格局中。在这方面，《我们共同的朋友》中塑造的詹尼·莱恩这个角色是个典型："像狄更斯先生所有令人同情的角色一样，她是个小怪物；她是不健康、不自然的畸儿；她属于驼背儿、低能儿和早熟儿童的一类，这一类角色在所有狄更斯先生的作品中担负着情感教育的职责，比如小耐尔、斯麦克和珀尔·董贝"。（qtd in Newsom：97）

　　《荒凉山庄》中的巴特·斯默威德也是一例。在视财如命的爷爷的培育下，巴特成了一个早熟的、精通法律的机器。巴特的童年不是在童话和玩具中度过的。陪伴他的是法律文书。早在十四岁的时候，他就掌握了很多专业知识。在童年时期需通过心智的培育塑造起来的健全人格，却是巴特所缺乏的。小巴特不到十五岁就在法律界小有名气，以致于林肯法会的人都怀疑他是否曾经有过童年。童年的缺爱让斯默威德无法体会健康的亲密关系，成年后，坊间流传他因迷恋上一家雪茄烟铺的老板娘而与订婚多年的未婚妻解除婚约。他继承了父辈的唯利是图和斤斤计较。他们一家人放弃一切娱乐，漠视所有幻想、童话、小说和寓言，对于一切不合乎家族利益的事情更是一概封杀。这一切导致他们家族一直没有小孩子而只有小大人。狄更斯对斯默威德这个法律世家的嘲讽非常精妙：他们家的人长的都像猴子！

　　《小杜丽》中的主人公艾米·杜丽的早熟则体现了狄更斯对整个社会的批判。小杜丽是一个没有家的人，她出生在监狱，监狱塑造了小杜丽。监狱在狄更斯笔下正是英国社会的象征。（Wolf 2000：223）狱中生活塑造了小杜丽这位小妈妈，早熟的她很小就为家人操心。监狱生活也限制了小杜丽的视野，让她在出狱后一度无法适应社会。她的父亲老杜丽因为一直关押在马夏尔西狱而被称为"马夏尔西之父"，后来因得到一笔搁置很久的遗产得以出狱，并一夜暴富。为了摆脱不光彩的过往，同时也为了追求上流社会的生活，老杜丽带着孩子们去了欧洲旅行。小杜丽在意大利期间,每天要不情愿地跟杰纳勒尔太太学习贵族礼仪,这使她失去自我。杰纳勒尔太太是个只会机械重复空洞知识的导游,旅行对她来说只是工作的形式,她的任务就是教好杜丽的孩子们学会上流社会礼仪。然而小杜丽过去在监狱的经历使她拥有两种眼光,她一边切实地体验旅行,一边在心理上重复过去在监狱的生活。(Anderson:75)欧陆旅行(grand tour)并没有让小杜丽获得成为上流社会淑女的文化资本,当目睹了古罗马的残垣断壁时,她头脑中反映出的不是历史的崇高感,而是像监狱一样的废墟意识:

> 小杜丽常感到憋闷,于是她经常乘着马车,独自到古罗马的废墟中漫游。巨大的废墟,包括古代的圆形竞技场、神殿、弓形纪念碑,人行大道以及墓冢,这些废墟使小杜丽又回想起昔日生活过的废墟——马夏尔西狱的废墟——过去马夏尔西狱的人脸和躯体的废墟——爱、希望、忧伤、喜悦的废墟。她坐在一截残破的断柱上,眼前浮现着两个废墟,这使她的思想在过去与现实之间来回游离。(狄更斯《小杜丽下》:553)

对于小杜丽而言,旅行和坐牢之间的界限是模糊的。除了马夏尔西狱,狄更斯还传达了一种信息:整个社会就是一座大监狱。旅行并没有让人逃离监狱,而是从一个监狱到另一个监狱。社会这座监狱和马夏尔西狱一样,是爱、希望、忧伤、喜悦的废墟。换句话说,狄更斯精心安排小杜丽在"监狱"旅行,从而完成对社会这座大监狱的反讽。另一方面,监狱生活锻造出早熟的小杜丽,她的美好品行——责任感、爱心、吃苦耐劳——又是对成人世界的嘲弄。老杜丽的一夜暴富分明表现出维多利亚社会是一个金钱至上的社会,在欧洲旅居期间,小杜丽不需要再做任何工作,也没有任何责任要担,与狱中生活截然不同的享乐反倒让她不知所措,小杜丽的品德与杰勒纳尔太太为追名逐利进行的旅行更是形成鲜明对立。

　　早熟的儿童是狄更斯进行文化批评，抒发共同体诉求的一个途径，"儿童或者被描写为反思社会道德状况和其他人物及他们的世界之价值的代理人，或者被描写为表明一个人物的童年与他/她以后的生活与意识之间逻辑关系的代理人"。（Pohemus：582）早熟儿童的群像投射出维多利亚社会成人世界的紧张关系，而幼稚的大人这一类人物则进一步反映出狄更斯对共同体危机的忧思。

二、幼稚的大人

　　狄更斯笔下幼稚的大人是年龄倒置现象的另一面。幼稚的大人这群另类"儿童"强化了维多利亚社会在年龄分类上的不稳定性，"维多利亚时期对成年的定义极具不确定性，模糊性和戏剧性"。（Chase：6）"我们认为的年龄并不一定和我们根据日历计算出的年龄保持一致，也不一定和我们感知到的，或者我们在别人那里感知到的年龄保持一致"。（Small：3）狄更斯对编年（chronological）意义上年龄的消解为厘清共同体迷失的轨迹提供了线索——幼稚的成年人都被排斥在他们的社会位置之外。幼稚的成人形象不单单表达了怀旧思绪，还体现出狄更斯对社会机制的控诉：正是一个悖逆自然规律的社会才会制造出怪异的成年人。

　　在狄更斯的第一部长篇小说《匹克威克外传》中，匹克威克先生的天真预示了狄更斯创作早期乐观的共同体探索。匹克威克先生生活的有着驿站马车、小旅店、猎鹿绅士的乡村式的、以农为本的"快乐而古老的英格兰"（Merry England），正在逐渐转变为到处是铁路、贫民窟、工厂和城市无产者的都市化工商业国度。匹克威克先生的天真是维系他体验新旧共同体的钥匙，他有着孩子般的天真，当遭遇到社会的丑恶面时会怒发冲冠，但是这种愤怒与其说是一个有识之士先知般的预言，不如说是一个孩子受到不公待遇后的发泄。随着小说一个章节的落幕,他又迅速回归到孩子般的无忧无虑之中。在同群众(Crowd)的多次接触中,匹克威克的共同体之路也逐渐柳暗花明。(Rubin 1976:189)匹克威克先生最初和劳工群众正面接触时,狄更斯常用戏谑的笔触嘲弄匹克威克先生的天真,此时,天真意味着迂腐、滑稽、与社会格格不入。小说开篇,匹克威克很滑稽地用笔记本记录马夫的话,以便了解这个世界。马夫却误以为他记下自己的号头,在群众的吆喝声中,匹克威克不但挨了打,还被群众误解为告密的人。在参加洛彻斯特阅兵过程中,匹克威克在士兵群体和观演群众中也出尽了洋相;在之后的伊顿斯威尔镇大选中,群众简直演变成了暴民。匹克威克对政治的理解还不及他的仆人山姆。后来匹克威克和他的朋友们在乡间打猎,他喝醉酒后睡熟了,被猎场看守鲍尔德威当成平民流氓,给扔进了公家兽栏。他醒来后又成了穷苦群众嘲弄的对象,身上被扔了好多菜叶子和臭鸡蛋。

　　匹克威克和群众的这几次交锋体现了两个共同体的对立:一个是充满祥和的匹克威克派这个小团体,另一个是工业社会这个新兴共同体。匹克威克派是一个充满爱的有机共同体,而平民群众代表的新兴工业共同体则暗礁浮动。最能保护匹克威克的是他的财富(Rogers 1972:21),他有用不完的钱,并用钱做了很多好事,钱也在危急时刻保护了他,而且在匹克威克派中,他的钱并没有成为动摇友谊的祸端——无论他的朋友还是他的仆人,都并不觊觎他的财富。

　　走出匹克威克派,金钱的作用呈现出另一种面貌,也正是因为匹克威克先生在社会熔炉的修炼,才完成了共同体之路。在小说后半段,狄更斯把匹克威克先生流放到了社会的最底层——债务人监狱弗利特。此时在狄更斯笔下,匹克威克的天真也不再意味着滑稽和迂腐,而是赤子之心。匹克威克先生因为不想让巴德尔太太两个律师的骗婚骗钱的诡计得逞,宁可进监狱也不支付给他们钱。在进了监狱后他对早前陷害过他和他朋友的金格尔非常仁慈,对受坏律师蛊惑的巴德尔太太也很宽容,他体察狱情,帮助了很多人,所以在他离开监狱的时候,匹克威克获得了监狱中群众的尊敬,他完成了自己的共同体之路,从一个衣食无忧,与新兴社会脱节的老学究转变为对新兴共同体形塑具有正向引导力的绅士。

随着对英国社会和工业文明更深入的认识,匹克威克身上明快的天真消失了。转而代之的是狄更斯以"幼稚大人"为媒介抒发的时代忧思。《大卫·科波菲尔》中的迪克先生是一个幼稚的大人。迪克是大卫的姨妈贝西的帮工,他有着孩子般的天真和简单,爱幻想,做事喜欢心血来潮。自始至终大卫对迪克的态度充满矛盾,一方面大卫喜爱迪克的正直和善良,另一方面又觉得他和成人世界格格不入。迪克似乎永远都无法做成一件事情,他沉迷于历史研究,一直说要写一段呈文说明查理一世在位期间的历史,以此来证明自己的能力。然而他既弄不清这段历史,也不清楚应该把呈文交给谁。在大卫逐渐成熟并继承了姨妈的果决和勇气之后,迪克总是找大卫,希望大卫帮他出主意。这种瞻前顾后的作风让大卫感到惋惜。迪克曾经和大卫透露,他微薄的收入主要来自给贝西姨妈当抄写员。抄写员的工作也印证了迪克自身的窘境:他永远在做复制的工作,无法将他抄写的内容内化到自己的精神之中。某种意义上他是成人世界的一具空壳。

像迪克这样幼稚的大人角色暗示了维多利亚父权社会的危机,在《大卫·科波菲尔》中,迪克的天真善良反衬出谋得斯通和斯蒂福两个男性征服者的自负和冷酷。谋得斯通和斯蒂福征服了大卫深爱的两位女性,大卫的母亲受控于前者,而大卫曾经迷恋的艾米莉则葬送在后者的手上。斯蒂福在小说中是个英俊而具有英雄气概的人物,他填补了大卫幼年丧父、寄人篱下的精神空缺。大卫一度把他视为父兄的替身。在衣食无忧的贵族生活背后,斯蒂福缺乏自我约束,他行为放纵,肆意妄为。由于斯蒂福自小丧失父爱,又有一个只会溺爱他的母亲,他的命运悲剧说明他是个精神上的孤儿,"他所经历的是一种有着巨大摧毁力的绝望"。(纳海 2015:67)在狄更斯的文化思辨中,过于自信或软弱的男性气质始终受到怀疑,"谋得斯通和斯蒂福是家庭共同体的摧毁者,但迪克也被排斥在婚恋市场的竞争之外,迪克不是大卫希望成为的一类人"。(Darby:156)

在谋得斯通的控制下,大卫的母亲克拉拉和他第一个妻子朵拉也变成了长不大的娃娃媳妇。一些女权主义者认为,维多利亚社会的中产阶级有意将女性塑造成儿童一样的角色,她们在精神和物质上都不能自给自足,"对女童的理想化想象和推崇来自男性的心理需求,只有当男性经历了生命早期女性化的幼稚状态之后,他们才能获得真正的雄性气概,因此幼稚的女人不仅表征着童年想象,还是成年男性找到迷失自我的契机"。(Robson:3)大卫的母亲克拉拉和他的第一个妻子朵拉是谋得斯通男性权威的牺牲品,她们无法走向成熟,也无法在成人社会占有一席之地。从这两位幼稚的妻子身上,投射出谋得斯通异化的男子气质,他是糟糕的丈夫和继父,幸福家庭的摧毁者。

克拉拉年轻漂亮,性格温和,格外受到她第一任丈夫、仆人及周围人的喜爱。在对她照顾有加的丈夫死后,她就变得身体虚弱,情绪低沉。克拉拉完全被谋得斯通先生控制了身心。她的识人不清和软弱不但让自己陷入悲惨的境况之中,还让儿子大卫整日过着噤若寒蝉、惶恐不安的日子。在面对与自己相依为命的孩子和仆人的时候,克拉拉甚至都不能流露出关心和亲近。偶尔有几次不满和抱怨,只要谋得斯通先生稍加甜言蜜语,她便马上温顺下来不计前嫌。她完全成了谋得斯通希望她成为的那样。她逐渐失去女主人的尊严,自己的儿子也不能在家中有一席安稳之地。每当大卫用渴求保护的目光望着母亲的时候,在谋得斯通的监视下,她也只能回以大卫伤心无奈的眼神和绝望无助的表情。她有时还要乞求谋得斯通偶尔让她做做家庭女主人的面子功夫,以此来自欺欺人。终于,在精神极度紧张和痛苦之下,克拉拉带着她刚出生的孩子一起离开了人世。

小时候,大卫没有同母亲建立高质量的亲密关系,自然也就不知真爱为何物，长大之后大卫痴迷地爱上了与母亲相似的女孩朵拉。大卫的第一任妻子朵拉年幼时曾在谋得斯通小姐门下学习，她是美丽、可爱、天真的象征，但同时也是一个幼稚、无知、毫无生活能力的人。他们结婚之后，朵拉每天唱歌画画，逗人开心，惹人发笑。在得知大卫面对经济困难时，她又吓得浑身发抖，又哭又闹。她甚至乐意大卫及周围的人把她看作一件漂亮的玩具，一个什么也不需要懂的洋娃娃。

狄更斯的另一部小说《尼古拉斯·尼克尔贝》(*Nicholas Nickleby*，1838—39)中的"婴儿现象"(Infant Phenomenon)也刻画了幼稚的成人。主人公尼克尔贝曾在剧团当演员，在这个剧团里，一个已经快长大成人的女孩奈因塔(Ninetta Crummles)被当演员的父母刻意抑制身体生长，她十岁女孩的外形既能胜任儿童角色，又能胜任成年女性角色。在一幕名为《印第安野人和少女》"The Indian Savage and the Maiden"的芭蕾剧中，奈因塔的造型产生怪异的效果，她是成人演员，但她娇小的身形，以及她身上穿的女童版的百褶裙又让她看起来更像孩子。在整个表演中，奈因塔都是被消费的对象，芭蕾剧的主题勾起观众的特殊兴致：一个孩子一样的女人如何驯服一个野蛮族群的男人。在现实生活中，奈因塔没有话语权，她喜欢尼克尔贝，但她怪异的身形却使尼克尔贝无法喜欢上她。"她完全是在表演哑剧"。(Gubar：63)整部小说中她只说过一句话，而且还语焉不详。当知道尼克尔贝要离开剧团后，她也只是放声大哭。让奈因塔无力也无心表达自己心声的原因，正是那个商业化色彩浓重的剧团："这里极尽所能撕扯她的肢体……像是在做展示力量的实验一样，把她的身体往不同的方向拖拽"。(Dickens，*Nicholas Nickleby*：388)

《荒凉山庄》(*Bleak House*，1852—53)里的哈罗德·思金波是个披着老小孩外衣的伪绅士。他给人的最初印象是"很单纯，生气勃勃，充满热情，真诚耿直，完全不适于世俗纷争，完全是个孩子"。(狄更斯《荒凉山庄》:75)他热爱艺术和自然,多才多艺,风流倜傥。随着故事情节的推进,思金波的另一面逐渐显现出来,他讨厌承担责任,总是欠债不还,还发明了所谓的"雄蜂哲学"为自己的劣习辩护。对于无端被卷入加迪斯案的苦命孩子乔,思金波表现得冷酷无情。在乔身患热病的危急时刻,思金波公开反对加迪斯收留乔,而且向侦探出卖乔的藏身之处,乔因此再次失去寄居之地,最终病情加重,死于非命,而斯金波自己则得到了侦探的赏钱。在同理查德交往中,他也非常虚伪,他接受律师霍尔斯的贿赂,怂恿理查德赌博似地不停打财产官司,最后理查德债台高筑,劳累成疾。在有利可图时,他又一直声称自己是理查德的好朋友,可是在理查德几近崩溃时,却拒绝前去看望并用自己的快乐哲学为自己辩护。

　　狄更斯在《远大前程》中又塑造了老处女哈维沙姆小姐和律师事务所办事员威米克两个孩子气的成年人形象。哈维沙姆小姐年轻时在自己生日当天被负心人骗婚,此后深受精神重创,一直无法走出阴影。她一辈子拒绝长大,把自己囚禁在阴森的房间,过着女巫一样的生活。她终年身着当年的婚礼礼服,让钟表停留在几十年前婚礼的那天,任由早已腐烂不堪的婚礼蛋糕肆意侵蚀她的心灵。她的"房间很大,想来从前一定十分堂皇,不过,眼下房里可以辨认出的陈设,没有一件不是布满灰尘和霉斑,眼看就要成为一堆堆破烂了。最显眼的是一张铺着桌布的长桌,好似一场盛宴正要开始,忽然整所宅子和满屋子的钟表一下子都停住不动了。桌布中央放着一个分隔食盘似的东西,上面结满蜘蛛网,压根儿就瞧不清它本来的形状"。(狄更斯《远大前程》:97)哈维沙姆把对未婚夫的怨恨投射到养女埃斯特拉和皮普身上,在她畸形的教育下埃斯特拉出落成没有情感、不懂爱的社交名媛;哈维沙姆像玩玩具一样花钱让皮普到她的住处玩耍,还试图让皮普爱上无情的埃斯特拉,以此从别人的悲伤中得到快感和心理补偿。

　　《远大前程》中律师事务所的办事员威米克把伦敦郊外的家瓦尔

沃思打造成一座奇幻城堡，里面侍奉着他的老父亲。每逢星期日他会一本正经地升旗，每天晚上九点整他会放礼炮，他在城堡边的人工湖上修建小岛用来进餐，湖心还有用小风车改装的喷泉装置。瓦尔沃思就是个封闭的共同体，威米克在里面养猪、鸭子、兔子，还搭了小瓜棚种黄瓜。吊桥把瓦尔沃思和外界隔绝。瓦尔沃思的自我封闭体现了19世纪英国民族国家意识以及由此衍生的对他者的排斥，政客兼作家爱德华·利顿·布维尔（Edward Lytton Bulwer，1803—1873）在1833年写道："我们所有理念的根基和所有法律的根基，就是要找到拥有财产的感觉。我的妻子不容人侵犯，我的房子不容外人进入，我的国家不容人诋毁"。（Bulwer：21）狄更斯戏拟了利顿的话。威米克所排斥的"他者"不是外国人，而是伦敦所代表的现代都市共同体。在威米克返回伦敦律所的路上，他"越走越变的冷淡而严肃，嘴唇又渐渐抿得像一个邮筒口。最后到了事务所，他从外套领子里掏出钥匙，看上去似乎把瓦尔沃思的产业全忘了，仿佛城堡、吊桥、凉亭、人工湖、喷泉，还有那位老人家都给前一天夜里的那一炮轰得灰飞烟灭"。（狄更斯《远大前程》：240）伦敦的律师事务所是一个机械国度，这里没有童心。伦敦所象征的工业共同体与瓦尔沃思水火不容，威米克的奇幻城堡不但是他对伦敦生活的执意对抗，也是工业共同体失序的生动写照。

结　语

不论是早熟的儿童，还是幼稚的大人，最终都可以归结为狄更斯小说中反复出现的母题：年龄倒置。通过年龄倒置这一独特的文学表征手段，狄更斯把新旧文明转型中微妙的共同体图景展示给世人。年龄倒置现象的背后不但映射出维多利亚社会父权制家庭共同体的失序，还揭示了狄更斯更深层次的转型期焦虑——英国在形塑工业化国家的过程中遭遇的危机。

结　论

　　回应文明转型是19世纪英国优秀作家面临的重要课题。从农业文明到工业文明的历史性过渡，在社会文化生活中引发了哪些变迁？如何用艺术的手段呈现出这些变迁？本书讨论的六位作家另辟蹊径，以另类儿童为切入点，追问了维多利亚人在建立工业化民族国家时，经历的微妙价值体验。这些体验几乎涉猎了该时期的所有重大文化议题。吉卜林《丛林故事》中的狼孩毛格利，引发出对英国帝国主义秩序的思索。金斯利的《水孩子》以现实主义越轨背景，讨论了进化论叙事代表的科学语言同生活世界的张力。莫里斯的《乌有乡消息》中的"第二个童年"，展示了崇尚休闲的时代意义。哈代笔下裘德凄楚的童年和小时光老人对基督寺莫名的厌恶，提示了哈代的反古建筑修复立场，这一立场实则是中产阶级的哈代们对贵族阶级宣读的浪漫主义辩护书。休斯在《汤姆·布朗的求学时代》中，通过十三次各种形式的战斗，勾勒出拉格比公学的男孩们蜕变成绅士的过程，从而对19世纪中产阶级绅士价值观进行了批判性反思。狄更斯的小说王国中展示的早熟的儿童和幼稚的大人这一组另类儿童，则是对维多利亚社会共同体的深入内省。

　　六位作家，六幅另类儿童群像，六场人间离合悲欢，六面维多利亚社会的棱镜。研究者和更多读者在其间的旅进旅出，定会荡漾出以数字六翻倍的阐释体验，也许是六种？三十六种？五十六种？三百六十种……

参 考 文 献

Abbott, H, Potter. "Unnarratable Knowledge: The Difficulty of Understanding Evolution by Natural Selection. " InDavid Herman ed. *Narrative Theory and the Cognitive Science*. Stanford: CSLI publications, 2003.

Adiran, Arthur. "Dickens and Invertered Parenthood. " *Dickensian* Vo. l67. No. (1971):3 - 11.

Anderson, Amanda. *The Powers of Distance: Cosmopolitan Imagination and the Cultivation of Detachment*. Princeton: Princeton University Press, 2001.

Andrews, Malcolm. *Dickens and the Grown-Up Child*. Iowa City: University of Iowa Press, 1994.

Armstrong, Isobel. *Victorian Poetry: Poetry, Poetics and Politics*. London and New York: Routledge, 1993.

Auerbach, Nina. *"Dickens and Dombey: A Daughter After All. "* In Alan Shelston, ed. , *Dombey and Son and Little Dorrit: A Casebook*. London: Macmillan Publishers Ltd, 1985

Baldick, Chris. *Oxford Concise Dictionary of Literary Terms*. Shanghai: Shanghai Foreign Language Education Press, 2000.

Beatty, C. J. P. *The Architectural Notebook of Thomas Hardy*. Dorchester: Dorset, 1966.

———. *Thomas Hardy, Conservation Architect*. Dorchester: Dorset, 1995.

Beer, Gillian. "Charles Kingsley and the Literary Image of the Countryside. " *Victorian Studies* Vol. 3. No. 3(1965):243 – 254.

———. *Darwin's Plots: Evolutionary Narrative in Darwin, George Eliot, and Nineteenth-Century Fiction, revised ed.* Cambridge: Cambridge University Press. 2000.

Berry, Laura. *The Child, the State, and the Victorian Novel.* Charlottesville: University of Virginia Press, 1999.

Bodenhamer, D. Beyond. "*GIS: Geospatial Technologies and the Future of History,*" In A. Travis ed. , *History and GIS Epistemologies: considerations and Reflections.* New York: Springer, 2010.

Bourdieu, Pierre. *Outline of a Theory of Practice.* Cambridge: Cambridge University Press, 1977.

Briggs, Asa. "*Introduction,*" *News from Nowhere and Selected Writings and Designs by William Morris.* London: Penguin, 1962.

Briscoe, J. F. Mackay, H. F. B. *A Tractarian at Work: A Memoir of Dean Randall.* London:Mowbray, 1932.

Brook, Chris. *The Gothic Revival.* London: Phaeton, 1999.

Bulwer, Edward Lytton. *England and the English.* Chicago: University of Chicago Press, 1970.

Buzard, James. *Disorienting Fiction: the Autoethnographic work Nineteenth-century British Novels.* New Jersey: Princeton University Press, 2005.

Byrne, Katherine. *Tuberculosis and the Victorian Literary Imagination.* New York: Cambridge, 2011.

Canon, Benjamin. "The True Meaning of the World Restoration: Architecture and Obsolescence in Jude the Obscure." Victorian Studies. Vol. 56 No. 2(Winter 2014):201 – 224.

Carlyle, Thomas. *The Past and Present, Book III*. Boston: Houston Mifflin, 1965.

Casey, Edward S. *The Fate of Place: A Philosophical History*. Berkeley: University of California Press, 1997.

Cazamian, Louis. *The Social Novel in England: 1830 —1850*. London and Boston: Routledge & Kegan Paul, 1973.

Chase, Karen. *The Victorian and Old Age*. Oxford: Oxford University Press, 2009.

Chatman, S. *Story and Discourse: Narrative Structure in Fiction and Film*. Ithaca: Cornell University Press. 1978.

Clark, Beverly Lyon. "Domesticating the School Story, Regendering a Genre: Alcott's Little Men." *New Literary History*. Vol. 26, no. 2(1995):323 – 342

Darby, Margret Flanders. "Dora and Doady." *Dickens Studies Annual* Vol. 22. No. 5. (1993):155 – 169.

Darwin, Charles. *The Descent of Man and Selection in Relation to Sex*. New York: Appleton, 1915.

——. *The Origin of Species*. Madison: Mark, 2010.

Davies, G. C. B. *Phillpotts of Exeter 1778—1869*. London: Oxford University Press, 1954.

Dickens, Charles. *Bleak House*. London: Bradbury & Evans, 1852.

—— *Nicholas Nickleby*. New York: Penguin Press, 1978.

Disraeli, Benjamin. *Tancred*. London: Peter Davies, 1927.

Dixon, Roger. *Muthesius, Stefan: Victorian Architecture*.

London: Thames and Hudson, 1978.

Dunae, Patrick A. "Review — Rudyard Kipling and the Fiction of Adolescence by Robert F. Moss; the Heirs of Tom Brown." *Victorian Studies*. Vol. 28, No. 3(1985):566 – 568.

Eagleton, Terry. *The Idea of Culture*. Malden: Blackwell, 2000.

Eliot, George. *Adam Bede*. Hertfordshire: Wordsworth, 1997.

Evershed, Henry. *Charles Kingsley as a Naturalist and Country Clergyman*. London: Living Age. 1887.

Flegal, Monica. "Masquering Work: Class Transvestism in Victorian Texts for and about Children." *Children's Literature*. Vol. 37(2009):61 – 83.

Ford, Madox Ford. *The Good Solider*. London: The Bodley Head, 1915.

Freud, Sigmund. "The 'Uncanny'." *New Literary History*. No. 3 (Spring 1976):619 – 645.

Giddens, Anthony. *Runaway World: How Globalization Is Reshaping Our Lives*. London: Routledge, 2000.

Goetsch, Paul. "Old Fashioned Children: From Dickens to Hardy and James." *Anglini Zeitschriftfür Englische Philologie*. Vol. 123. No. 1(2005):45 – 69.

Greimas, A. J. *Structural Semantics: An Attempt at a Method*, D. McDowell, R. Schleifer, and A. Velie. Trans. Lincoln: University of Nebraska Press. 1983.

Gubar, Marah. "The Darma of Precocity:Child Performers on the Victorian Stage." In Dennis Denisoff, ed. *The Nineteenth-Century Child and Consumer Culture*, Burlington: Ashgate Press, 2008.

Habermas, Jürgen. *The Structural Transformation of the Public*

Sphere: An Inquiry into a Category of Bourgeois Society，
Thomas Burger，trans. Cambridge，Mass：MIT Press，1989.

Hanawalt，Mary Wheat. "Charles Kingsley and Science." *Studies in Philology*. Vol. 34. No. 4(1937)：589 - 611.

Hardy，Barbara. *The Moral Art of Dickens: Essays*. New York：Oxford University Press，1985.

Hardy，E L. *The Life and Works of Thomas Hardy*. London：Macmillan，1984.

Hardy，Thomas. "Memories of Church Restoration." In Orel，Harold ed. *Thomas Hardy's Personal Writings*. Basingstoke：Macmillan，1990.

Hartman，Geoffrey H. *The Fateful Question of Culture*. New York：Columbia University Press 1997.

Harvey，David. *Spaces of Hope*. Oakland：University of California Press，2000.

Hawley，John C. "The Water-Babies as catechetical paradigm." *Children's Literature Association Quarterly* . Vol. 14. No. 1 (1989)：19 - 21.

Heidegger，M. ，*Neitzsche*，David Farrell Krell trans. London：Routledge &. Kegan Paul，1982.

Hemmings，Robert. "A Taste of Nostalgia：Children's Books from the Golden Age，_ Carol，Grahame，and Milne." *Children's Literature*. Vol. 35，No. 1. (2007)：54 - 79.

Herring，George. *The Oxford Movement in Practice: The Tractarian Parochial World from the 1830s to the 1870s*. Oxford：Oxford University Press，2016.

Herzfeld，Michael. *A Place in history: social and monumental time in a Cretan town*. Princeton：Priceton University

Press, 1991.

Houtghton, Walter E. *The Victorian Frame of Mind: 1830—1870*. New Haven and London: Yale University Press, 1957.

Hughes, Thomas. *Tom Brown's Schooldays & Tom Brown at Oxford*. Hertfordshire. : Wordsworth, 1993.

Jedrzejewki, Jan. *Thomas Hardy and the Church*. London: Macmillan, 1996.

John Rowe, Townsend. *Written for Children: An Outline of English-language Children's Literature*. Harmondsworth: Penguin, 1976.

Johnson, Edgar. "The World of Dombeyism" In Alan Shelston, ed. , *Dombey and Son and Little Dorrit: A Casebook*. London: Macmillan Publishers Ltd, 1985.

Johnson, Lesley. *The Cultural Critics: From Matthew Arnold to Raymond Williams*. London: Routledge & Kegan Paul, 1979.

Kaufmann, Moritz. *Charles Kingsley, Christian Socialist and Social Reformer*. London:Routledge, 1894.

Kenneth, Clark. *The Gothic Revival: an Essay in the History of Taste*. London: Constable, 1950.

Kingsley, Charles. *Yeast: A Problem*. London: Parker, 1851.

——. *The Water-Babies: A Fairy-Tale for a Land-Baby*. Boston & New York: T. O. H. P. Burnman, 1864.

——. *Madam How and Lady Why: Or, First Lessons in Earth Lore for Children*. London: Bell & Daldy, 1870.

——. "His Letters and Memories of His Life." In Frances Kingsleyed. London: King, 1877.

——. *Alton Locke, Tailor and Poet: An Autobiography, Anonymous*. London: Macmillan and Co. , 1884.

Klaver, J. M. *The Apostle of the Flesh: A Critical Life of Charles Kingsley*. . Leiden and Boston: Brill, 2006.

Kotzin, Michael C. *Dickens and the Fairy Tale*. Bowling Green: University of Bowling Green Press, 1972.

Lesnik-Oberstein, Karin. "*Oliver Twist*: The Narrator's Tale." *Texual Practice*. Vol. 15, no. 1(2001):87 - 100.

Li, Jing. "Mode of Characterization in Postwar British Academic Novels."Ph. D. diss. , Ludong University, 2008.

Lin Lidan, "Labor, Alienation, and the Status of Being: Rhetoric of Indolence in *Beckett's Murphy*."*Philological Quarterly*. Vol. 79, no. 2(spring 2000):249 - 271.

Lowenthal, David. *The Past is a Foreign Country*. Cambridge: Cambridge University Press, 1985.

Manlove, Colin. *The Fantasy Literature of England*. New York: St. Martins Press, 1999.

Marx, Karl. "The German Ideology." In Joseph O'Malleyed. , *Early Political Writings*. Cambridge: Cambridge University Press, 1996.

Mayr, E. *What Evolution Is*. New York: Basic Books. 2001.

McCaffrey, Phillip. "Erasing the Body: Freud's Uncanny Father Child."*American Imago*. Vol. 49 No. 4(1992):371 - 389.

McCord, Norman, Purdue, Bill. *British History, 1815—1914*. Oxford: Oxford University Press, 2007.

McDonagh, Josephine. "The early novels" In George Levineed. *The Cambridge Companion to George Eliot*. Cambridge: Cambridge University Press, 2001: 38 - 57.

McMaster, Juliet. "The Trinity Archetype in *The Jungle Books* and *The Wizard of Oz*." *Children's Literature*. Vol. 20. No. 2

(1992):90 - 110.

Menke, Richard. "Cultural Capital and the Scene of Rioting: Male Working-Class Authorship in *Alton Locke.*" *Victorian Literature and Culture.* Vol. 28. No. 1(2000):87 - 108.

Miele, Christopher. "'A Small Knot of Cultivated People': William Morris and the Ideologies of Protection." *Art Journal.* Vol 54. No. 2(1995):73 - 79.

Miller, David Lee. "Charles Dickens: A Dead Hand at a Baby." *Dreams of the Burning Child: Sacrificial Sons and the Father's Witness*, New York: Cornell University Press, 2003:130 - 159.

Mitchell, Sally. *Daily life in Victorian England.* London: Greenwood Press, 2009.

Morris, William. *On Art and Socialism*, *Essays and Lectures*, *Art under Plutocracy.* London: John Lehmann Ltd. , 1947.

——. "Manifesto of the Society for the Preservation of Ancient Buildings." In Chris Miele ed. *William Morris on Architecture*, Sheffield: Sheffield Academic, 1996.

——. *On Art and Socialism*, *Essays and Lectures*, *Art under Plutocracy.* London: John Lehmann Ltd. , 1947.

——. *The Beauty of Life.* London: Bentham Press, 1983.

——. *News from Nowhere*, *or an epoch of rest: being some chapters from a Utopian Romance.* London: Cambridge University Press, 1995.

Naylor, Gillian. *William Morris by Himself.* London: Macdonald &Co. Ltd. , 1988.

Neale, J. M. "A Few Words to Churchwardens on Churches and Church Ornaments." *Suited to Country Parishes*, Vol. No. 1 (1812):155.

——. "The Anglo-American Church." *Essays Critical and Historical*, Vol. 5. No. 2(1897):56 – 58.

Nelson Claudia, *Precocious Children and Childish Adults: Age Inversion in Victorian Literature*. Baltimore: John Hopkins University Press, 2012.

Newman, John Henry. "Indulgence in Religious Privileges." In *Sermons Bearing on Subjects of the Day*. London: Oxford University Press, 1869.

——. "The Anglo-American Church." In *Essays Critical and Historical*, 1897.

Newsom, Robert. "Fiction of Childhood." In John O. Jordan ed. *The Cambridge Companion to Charles Dickens*. New York: Cambridge University Press, 2001:92 – 105.

Paley, F. A. *The Ecclesiologist's Guide to the Churches within a Seven Mile Circuit around Cambridge*. Cambridge: Cambridge University Press, 1844.

Peter Stansky. *Redesigning the World, William Morris, the 1880s, and the Arts and Crafts*. Princeton: Princeton Press, 1985.

Pevsner, Nikolaus. *Pioneers of Modern Design*. Baitimore: Penguin, 1968.

——. "Scrape and Anti-Scrape." In Jane Fawcett ed. *The Future of the Past: Attitudes to Conservation, 1174—1974*. New York: Whitney Library of Design, 1976.

Polhemus, Robert M. "Lewis Carroll and the Child in Victorian Fiction." In John Richetti. ed. *The Columbia History of the British Novel*. Beijing: Foreign Language Teaching and Research Press, Columbia University Press, 2005.

Propp. V. *Morphology of the Folktale* Austin: University of Texas Press, 1963.

Purcell, E. S. *Life and Letters of Ambrose Phillips de Lisle.* London: Rivington, 1900.

Randall, Don. "Post Mutiny Allegories of Empire in Rudyard Kipling's *Jungle Books.*" *Texas Studies in Literature and Language.* Vol. 40. No. 1(1998):97 - 120.

Relph, Edward. *Place and Placelessness.* London: Pion Ltd, 1976.

Robinson, Catherine. *Men in Wonderland: The Lost Girlhood of the Victorian Gentleman.* Princeton: Princeton University Press, 2001.

Rogers, Philip. "Mr. Pickwick's Innocence. "*Nineteenth-Century Fiction* Vol. 27, No. 1(Summer, 1972):21 - 37.

Rubin, Stan S. "Spectator and Spectacle: Narrative Evasion and Narrative Voice in *Pickwick Papers.* " *The Journal of Narrative Technique* 6, no. 3(Fall, 1976):188 - 203.

Ruskin, John "Unto this Last. " In Clive Wilmer ed. *Unto this Last and Other Writings*, London: Penguin Books, 1997.

——. "The Opening of the Crystal Palace. "In *Alexander et al*, eds. , *The Library Edition of the Works of John Ruskin.* London: Allen, 1903.

——. "The Seven Lamps of Architecture. " In *Alexander et al.* eds. , *The Library Edition of the Works of John Ruskin.* London: Allen, 1903.

Schwarzbach, F. S. *Dickens and the City.* London: The Athlone Press, 1979.

Scott, E. C. *Antievolution and Creationism in the United States.*

Annual Review of Anthropology. Vol. *26*. No. 1（1997）：263 - 289.

Simpson, G. *Origins and Growth of Sociological Theory*. Chicago：Nelson-Hall, 1982.

Small, Helen. *The Long Life*. Oxford：Oxford University Press, 2007.

Smith, L. *Archaeological Theory and the Politics of Cultural Heritage*. London：Routledge, 2004.

Soja, Edward W. *Postmodern Geographies: The Reassertion of Space in Critical Social Theory*. London：Verso Press, 1989.

Stern, Kimberly J. " 'A Want of Taste'：Carnivorous Desire and Sexual Politics in *The Pickwick Papers*. " *Victorian Review*. 38, no. 1（Spring 2012）：155 - 171.

Sullivan, Zohreh T. "Reviews to Works of Rudyard Kipling. " *The Modern Language Review*. Vol. 84, No. 4（1989）：951 - 953.

Trollope, Anthony. *The Duke's Children*. London：Chapman&. Hall, 1879.

Tschudi-Madsen, Stefan. *Restoration and Anti-Restoration: A Study in English Restoration Philosophy*. Oslo：Universitets Forlagen Press, 1976.

Tschumi, Bernard. *Architecture and Disjunction*. Cambridge：MIT Press, 1996.

Tuan, Yi-Fu. *Space and Place the perspective of Experience*. Minneapolis：University of Minnesota Press, 1977.

——. *Topophilia: A Study of Environmental Perceptions, Attitudes, and Values*. New York：Columbia University Press, 1977.

Tuan, Yi-Fu. "Space and Place：Humanistic Perspective. " In S.

Gale et al. eds. *Philosophy in Geography*, Boston: D. Reidel Publishing Company, 1979:233 - 246.

Uffelman, Larry K. *Charles Kingsley*. Boston: Twayne, 1979.

Waithe, Marcus. *William Morris's Utopia of Strangers: Victorian Medievalism and the Ideal of Hospitality*. Cambridge: D. S. Brewer, 2006

Walsh, Walter. *The Secret History of the OxfordMovement*, London: Swan Sonnenschein, 1899.

Wang, Juli. "Structuration and Deconstruction: A Paradoxical Dialogue." Ph. D. diss. , Henan University, 2005.

Wang, Zhenzhen. "A Generic Study on the Postwar British Campus Novels. " Ph. D. diss. , Ludong University, 2008

Waters, Catherine. "Gender Identities. "In Sally Ledger and Holly Furneaux eds. *Charles Dickens in Context*. Cambridge: Cambridge University Press, 2011: 365 - 372.

White Heyden, *Tropics of Discourse: Essays in Cultural Criticism*. Baltimore: John Hopkins University Press, 1978.

White, James F. *The Cambridge Movement: The Ecclesiologists and the Gothic Revival*. Cambridge: Cambridge University Press, 1962.

Williams, Raymond. *Culture and Society*. London: Chatto & Windus, 1959.

——. *The Long Revolution*. Harmondsworth: Penguin Books, 1961.

——. *The English Novel: From Dickens to Lawrence*. London: Chatto &Windus, 1973.

——. *Keywords: A Vocabulary of Culture and Society*. London: Fontana Press, 1988.

Wolf，Sherri. "The Enormous Power of No Body：*Little Dorrit* and the Logic of Expansion."*Texas Studies in Literature and Language*. Vol. 42. No. 3(Fall 2000)：223 - 254.

Wolff Larry. "The Boys are Pickpockets，and the Girl is a Prostitute：Gender and Juvenile Criminality in Early Victorian England from *Oliver Twist* to London Labour."*New Literary History* 27，no. 2(spring 1996)：227 - 49.

Wood，Naomi. "A (Sea) Green Victorian：Charles Kingsley and the Water-Babies."*The Lion and The Unicorn*. Vol. 19. No. 2 (1995)：233 - 252.

Young，R. M. *Darwin's Metaphor：Nature's Place in Victorian Culture*. Cambridge：Cambridge University Press. 1985.

Zornado，Joseph L. *Inventing the child: culture，ideology，and the story of childhood*. New York：Garland Publishing，Inc. 2001.

本尼迪克特·安德森.《想象的共同体:民族主义的起源与散布》[M].吴叡人译,上海:上海世纪出版集团,2011 年。

查尔斯·狄更斯.《董贝父子》[M].薛鸿时译,北京:人民文学出版社,2012 年。

陈兵.共济会和吉普林的帝国主义观念[J].《外语教学》,2012 年第 6 期,80—83 页。

查尔斯·罗伯特·达尔文《物种起源》[M].舒德干等译,北京:北京大学出版社,2005 年。

查尔斯·狄更斯.《远大前程》[M].主万、叶尊译,北京:人民文学出版社, 2012 年。

——.《匹克威克外传》[M].蒋天佐译,北京:中国对外翻译出版公司,2009 年。

——.《小杜丽》[M].金绍禹译,上海:上海译文出版社 1993 年。

范可.《他我之间:人类学语境里的"异"与"同"》[M].北京:中国社会
　　科学出版社,2012年。

斐迪南·腾尼斯.《共同体与社会:纯粹社会的基本概念》[M].林荣
　　远译,北京:北京大学出版社,1996年。

诺思洛普·弗莱.《现代百年》[M].盛宁译,香港:牛津大学出版社,
　　1998年。

管南异.《好兵》与英国绅士观念的变异[J].《外国文学研究》,2004
　　年第2期,68—73页。

何畅."风景"的阶级编码——奥斯丁与如画美学[J].《外国文学评
　　论》,2011年第2期,36—46页。

金晓星.进化的转义[J].《北京大学学报》(哲学社会科学版),2011
　　年第5期,24—29页。

肯尼迪·O.摩根.《牛津英国通史》[M].王觉非译,北京:商务印书
　　馆,1993年.

拉迪亚德·吉卜林.《森林王子》[M].陈洁等译,合肥:安徽人民出版
　　社,2011年。

雷蒙德·威廉斯.《文化与社会1780—1950》[M].高晓玲译,北京:吉
　　林出版集团,2011年。

——.《政治与文学》[M].樊柯、王卫芬译,郑州:河南大学出版社,
　　2010年。

——.《文化与社会1780—1950》[M].高晓玲译,北京:吉林出版集
　　团,2011年。

——.《乡村与城市》[M].韩子满等译,北京:商务印书馆,2013年。

李靖,表征困境和修辞策略:进化学说叙事初探——兼论金斯利〈水
　　孩〉的文本隐喻[J].《湖南农业大学学报》(社会科学版),2013年第
　　1期,73—77页。

——.诗性思想与心灵培育——金斯利文化反思的内涵和表现形
　　式[J].《解放军外国语学院学报》,2012年第4期:107—111页。

李秀清.《帝国意识与吉卜林的文学写作》[M].北京：对外经济贸易大学出版社,2010 年。

刘慧梅张彦.西方休闲伦理的历史演变[J].《自然辩证法研究》,2006年第 4 期,91—95 页。

刘凌妍.论戴维·洛奇"校园三部曲"的喜剧性.[D].上海：上海师范大学,2012 年。

马丁·威纳.《英国文化与工业精神的衰落：1850—1980》[M].王章辉吴必康译,北京大学出版社,2013 年。

马克思、恩格斯.《共产党宣言》,载《马克思恩格斯选集》[M].中共中央马克思、恩格斯、列宁和斯大林著作编译局译,杭州：人民出版社,1972 年。

马修·阿诺德.《文化与无政府状态：政治与社会批评》[M].韩敏中译,北京,三联书店,2002 年。

纳海.绝望的力量：重读《大卫·科波菲尔》[J].《国外文学》,2015 年第 4 期,66—74 页。

申丹.《叙述》,载《西方文论关键词》[M].北京：外语教学与研究出版社,2006 年。

舒伟.维多利亚时期英国童话小说崛起的时代语境[J].《外国文学评论》,2009 年第 4 期,216—226 页。

孙锦.吉卜林动物小说研究[D].桂林：广西师范大学硕士论文,2008 年。

童明.《现代性赋格》[M].桂林：广西师范大学出版社,2008 年。

托马斯·哈代.《无名的裘德》[M].刘荣跃译,上海：上海译文出版社,2012 年。

汪晖.《死火重温》[M].北京：人民文学出版社,2000 年。

汪霞.伦理与法律之间——重评吉卜林《丛林之书》中的丛林法律[J].《世界文学评论》,2008 年第 1 期,279—281 页。

王菊丽.论英国校园小说的体裁变异.[J].《鲁东大学学报》,2006

年第 4 期,67—79 页。

威廉·莫里斯.《乌有乡消息》[M].包玉珂译,北京:商务印书馆,
2012 年。

吴宁　冯琼　冯旺舟.进化的伦理[J].《东南大学学报(哲学社会科学
版)》,2011 年第 2 期,5—13 页。

吴宗杰.历史的解构与重构:泛化"封建"的话语分析[J].《武汉大学
学报(人文科学版)》,2008 年第 5 期,522—527 页。

谢青.我脑中的两部分-吉卜林儿童作品中对身份的探求[J].《世界
文学评论》,2010 年第 1 期,50—54 页。

亚里士多德.《政治学》[M].颜一、秦典华译.北京:中国人民大学出
版社,2003 年。

杨玲于文杰.以道德的方式构建理想社会:莫里斯的社会主义思想
[J].《学海》,2015 年第 4 期,189—192 页。

殷企平.对'机械时代'的回应:《奥尔顿·洛克》浅析[J].《外国文学
研究》,2004 年第 1 期,61—65 页。

殷企平.卡莱尔主义,还是基督教社会主义:从《奥尔顿·洛克》中的
麦凯之死说起[J].《外国文学》,2007 年第 4 期,41—47 页。

殷企平.《酵母》的艺术形式[J].《浙江大学学报》(人文社会科学版),
2007 年第 5 期, 185—192 页。

——.《酵母》的艺术形式[J].《浙江大学学报》(人文社会科学版),
2007 年第 5 期,185—92 页。

——.乌有乡的客人——解读《来自乌有乡的消息》[J].《外国文学》,
2009 年第 3 期,40—48 页。

——.西方文论关键词:文化[J].《外国文学》,2010 年第 3 期,73—
82 页.

——.艺术地生活:莫里斯的文化观[J].《杭州师范大学学报(社会科
学版)》'2012 年第 2 期,41—47 页。

周颖.想象与现实的痛苦:1800—1850 英国女作家笔下的家庭女教

师[J].《外国文学评论》,2012 年第 1 期,94—108 页。

朱晓明.《当代英国建筑遗产保护》[M].上海:同济大学出版社,
　　2007 年。

图书在版编目(CIP)数据

又见"爱丽丝":19世纪英国小说中的另类儿童/李靖著. —上海:上海三联书店,2018.11
ISBN 978 - 7 - 5426 - 6546 - 1

Ⅰ.①又… Ⅱ.①李… Ⅲ.①小说研究-英国-19世纪
Ⅳ.①I561.074

中国版本图书馆 CIP 数据核字(2018)第 254484 号

又见"爱丽丝":19 世纪英国小说中的另类儿童

著　　者 / 李　靖

责任编辑 / 姚望星
装帧设计 / 徐　徐
封面插画 / 李　靖
监　　制 / 姚　军
责任校对 / 张大伟

出版发行／上海三联书店
　　　　　(200030)中国上海市漕溪北路 331 号 A 座 6 楼
邮购电话 / 021 - 22895540
印　　刷 / 上海惠敦科技印务有限公司

版　　次 / 2018 年 11 月第 1 版
印　　次 / 2018 年 11 月第 1 次印刷
开　　本 / 890×1240　1/32
字　　数 / 185 千字
印　　张 / 4.75
书　　号 / ISBN 978 - 7 - 5426 - 6546 - 1/I · 1471
定　　价 / 38.00 元

敬启读者,如发现本书有印装质量问题,请与印刷厂联系 021 - 63779028